Miren
nunca mais!

Pako Aristi

marrazkilaria: Eider Eibar

elkar

Mireni, Azpeitiko neskarik politenari,
liburuko Miren baino txintxoagoa izan dadin.

I

Ama sartu da gelara eta oihuka hasi zait.

–Miren, ez al duzu oraindik maleta prestatu?

–Zer maleta eta zer kristo!

Horrela atera zait, baina asko sentitzen dut: Zer maleta? Maletak bidaiatzeko izaten dira, bai, baina guk zer bidaia egin behar dugu, ba?

–Santiagora goaz, oraintxe bertan. Ez al zara gogoratzen?

Ene, ba, Santiagora. Egia. Seko ahaztu. Esan zidaten, bai, baina ez nuen oroitzen. Ni neure kontuetan egoten naiz, eta helduen mundua ez zait gehiegi axola. Izan ere, batzuetan gauza bat esaten dute, gero kontrakoa, eta hala ere ez zaie ezer ilogikoa iruditzen. Hori bai: errieta berdin-berdin egiten dizute. Gauza bat egiteko esaten didatenean kontrakoa egin dudalako, edo kontrakoa egin behar nuenean zuzenekoa egin dudalako!

Hauekin zeinek asmatu!

Ni gustuen neure gelan egoten naiz, neure gustuko gauzak egiten. Noski: gustuko gauzak egiten gustura egotea normala da. Hitzak berak erakusten du. Gustukoak ez diren gauzak egin behar dituenean hartzen du jendeak disgustua. Horixe dauka gure amak: disgustua. Baina bidaia hau ez al zuen, bada, berak antolatu? Orduan, zergatik petraldu da?

–Benga, neska, altxa ipurdi hori!

Oihuka jarraitzen du. Horrek esan nahi du nik ez daukadala errurik bera petral egoteko. Horrek asko lasaitzen nau. Helduen mundua oso zaila da ulertzen, haien umoreak oso aldaketa xelebreak izaten baititu.

Horregatik gustatzen zait neure gelan egotea. Neuk sortzen dudan munduan hobeto sentitzen naiz, besteek niretzat sortzen

MIREN

dutenean baino. Neure gelan ez naiz konturatu ere egiten zenbat denbora igarotzen den. Ezta kanpoan zer eguraldi egiten duen ere. Nik uste batzuetan gelan egoteari ere utzi egiten diodala: ipuin batean barneratzen naizenean beste garai batera joaten naiz, beste leku batera!

–Ordu laurden batean maleta prestatu ez baduzu, hementxe geratuko zara!

Atea itxita bakarrik utzi nau, eta lurrikara baten ondoren bezala geratu da gela. Oihuka hasi dugu eguna. Ondo dago: horrek asko animatzen du goiza.

2

Pentsatzen jarrita: maletak eta gauza horiek (ogitartekoak, inauterietako mozorroak, Gabon gaueko afaria eta abar) ez al dizkiete gurasoek prestatzen euren haurrei? Bai, ezta? Orain, neure maleta neuk egiteak esan nahi badu nahi ditudan beste gauza guztiak ere egiten utziko didatela, orduan kontua aldatu egiten da…

Gainera, zer arraio! Zer eraman behar dut, bada, hamabost egunerako? Gauza askorik ez; niri arin ibiltzea gustatzen zait. Eskolako motxila ere ez dut gehiegi betetzen. Horrela hiru gauza lortzen ditut: azkarrago joatea, ez nekatzea eta irudimena lantzea. Irudimenarekin osatzen ditut falta zaizkidan gauzen hutsuneak.

Zerbait falta bazaizu, burua nekatu beharko duzu. Gainera ona da burua nekatzea: zerbait egin aurretik pixka bat pentsatzeko joera hartzen baduzu, gauzak gero eta hobeto egiten dituzu.

–Nahi al duzu laguntzea?

Oraingoan aita da xuabe-xuabe datorkidana. Hori dauka ona gurasoak bi izateak: normalean umore ezberdinarekin egoten direla biak. Bat haserre badabil, bestea ez; edo bat urduri badago, bestea lasai egon ohi da; baten bronka bestearen laztanek leuntzen dute. Batek begien bistatik kentzeko esaten dizunean, besteak besarkatu egiten zaitu. Inoiz ez daude ados ezertan, eta hor nik neure aukera bilatzen dut eroso egoteko.

Lastima, oraingoan berandu iritsi da aitaren laguntza. Amak ordu laurden bat eman dit, eta hara: hamar minuturako egin dut maleta. Ohea ere eginda utzi dut gelari agur esan aurretik.

Bidaiek sortzen duten urduritasun hori sentitzen dut urdailean.

3

Jarraitu aurretik gauza bat aitortu behar dizuet: nik bizio bat daukat. Bizio bat edo, nahi baduzue, joera bat... ezaugarri bat: galdu egiten naiz erraz. Batzuetan nahita, eta besteetan nahi gabe. Jadanik historikoak dira nire galdualdiak.

Galdu nintzen lehen aldia jaioberritan izan zen. Beno, egokiagoa litzateke 'galdu egin nindutela' esatea. Denbora laburrez, noski. Ni ez naiz oroitzen, normala denez, baina amak askotan kontatu izan du. Ospitalean, antza, lekuz nahastu gintuzten bi ume: gure amari beste bat eman zioten, eta ni beste ama batengana eraman ninduten.

Badakizue nola konturatu zen gure ama? Nik negar egin nuen jaiotzerakoan, eta negar hori barru-barruan geratu omen zitzaion. Gero lo hartu eta, esnatu zenean, sehaskan zegoen umea jaso eta etxera joan zen aitarekin. Ume hura, ordea, isil-isilik omen zegoen bere besoetan. Bularra ematen ari zela, zerbait gozoa jateko grina sartu gure amari, eta marmelada pote bat hartu omen zuen. Irekitzen ari zela, marmelada lurrera jausi, eta sustoarekin hasi omen da haurra negarrez... Eta negar ezberdina egiten zuela konturatu ama! Hark atera omen zuen hanka-hotsa ospitalera...

Ni bitartean ederki, beste emakume potolina baten besoetan, bularretatik zupa eta zupa; egun hartan errazio bikoitza hartu nuen: lehenengo emakume loditxu harena, eta gero gure amarena.

Horregatik, ez dago esaterik ni oso etxezuloa naizenik, edo amazuloa, edo aitazuloa, pentsa: nire bizitzako lehen eguna etxetik kanpo pasa nuen!

Ez dakit gertaera horregatik den... baina geroztik galtzeko joera izan dut beti. Eskolakoekin Gernikara joan ginenean, denok

KROK!!

soka bati helduta gindoazen, eta une batean hor ikusten ditut, eskaparatean, goxoki kaxak. Hura berria zen niretzat: *'Hori-baltxak'* deitzen ziren. *'Errekontxo!'*, pentsatu nuen, *'amarentzat opari polita litzateke'*, eta nire bihotzaren desira horrek bultzatuta eskua askatu nuen sokatik, dendara sartu-irten bat egiteko. Atera nintzenean inor ez kanpoan; inondik ez ziren ageri nire eskolakideak.

Orduan pentsatu nuen: eskurtsioetan, bada leku bat beti bi aldiz pasatzen garena. Normalean ez dugu arretarik jartzen eta ez gara konturatzen. Baina erne begiratzen baduzue, ikusiko duzue hala dela. Beraz, denda aurrean geratzea erabaki nuen, *'ea zortea daukadan!'* pentsatuz.

Eta, taka, nik pentsatu bezala, handik igaro zen berriro talde osoa. Eta irakasleak harrituta, ni han ikusi nindutenean. Ez ziren konturatu ere egin falta nintzela. Txarrena da denbora dexente igaro zela. Kaxako *hori-baltxa* erdiak jan nituen. Eta beste erdiekin irakasleak sobornatu behar izan nituen errietarik ez egiteko... Eta amarentzat bat ere geratu ez!

4

Behin abioian joan ginen. Jolas bat egin genuen: munduko mapa zabaldu zuen aitak mahaiaren gainean, amak begiak itxi zizkidan, eta hatzarekin leku bat seinalatzeko eskatu zidaten.

–Hainbeste diru ba al daukagu, munduko edozein lekutara joateko?

Inozotasunez galdetu nuen, baina gurasoak apur bat larritu ziren, nonbait; nik hatza itsu-itsuan maparen gainean jarri nuenean esku bat sentitu nuen indarra egiten, nire hatza zertxobait erdira ekarri nahian. Nik ez konturatuarena egin nuen, ez nituen-eta gurasoak arruinatu nahi. Ondorioz, Praga egokitu zen.

–Abioian behintzat ez zara galduko, ez daukazu nora joanik eta!

Hala esan zuen amak eseri ginenean. Lo hartu zuen, eta esnatu zenean kurrixkaka hasi zen abioian zehar nire bila. Jo atzealdera, jo aurrealdera, jo komunetara... Ni pilotuaren kabinan nengoen, ederki, abioi-sudurrarekin lainoak zulatzen. Game-Boyan jolastea bezala zen, baina benetan.

Abentura asko direla esango duzue ni bezalako ume batentzat, baina mundu honetara aspertzeko ez gara etorri, ezta? Aitonak behin esan zidanari kasu besterik ez diot egin.

–Azkarra baldin bazara, ez zara inoiz aspertuko.

–Hori nola da, aittona?

–Mundua aski dibertigarria da, baina inoiz dibertimendurik aurkitzen ez baduzu, zeuk sortu!

Azken bi hitz horiek nire buruan oihartzun bat bezala geratu ziren: '*Zeuk sortu*'. Eta aitonak alde egin zuenean ere nire buruan zeuden: '*Zeuk sortu*'. Beraz, galdu naizen guztietan barkatu egin behar izan didate gurasoek: total, aitonak esandakoa besterik ez nuen egiten. Eta noiztik dago gaizki aitonak esaten duena?

Santiagora trenean goaz. Sartu garenean amak gauza bera esan dit:

–Hemen behintzat ez zara galduko, ez daukazu nora joanik eta!

Erne egoten bazarete, konturatuko zarete gurasoek askotan errepikatzen dituztela gauzak. Zergatik ote: zer esaten duten gogoratzen ez direlako, ala gu motzak garela uste dutelako?

5

Tamalez amak arrazoia zeukan gaur. Trenean ez dago inora joaterik. Barruan ibili zintezke hara eta hona, beste bagoietara joanez, edo kafetegira, edo pasilloetara, baina laster amaitu egingo zaizu. Trena gauza laburra da nire jakin-min handiarentzat. Bare handi bat bezalakoa; eta gu, barruan.

Burgosera iristen ari ginela pasillora atera naiz, ateak nola irekitzen diren ikustera. Emakume zahar bat dago bertan, jaisteko zain. Buruan zapi polit bat darama. Bi poltsa handi dauzka, eta haien ondoan makuluak. Ez du ederki ibili behar jaisteko!

Baina zergatik ibili behar du gaizki, ni hemen egonda? Lagunduko diot, bai.

–Nahi al duzu laguntzea, señora?

Irribarre egin dit.

–¡Ay, mi niña, no te entiendo nada!

A ez? Nik bai, ordea, ulertzen diot. Isabel Pantojak bezalaxe hitz egiten du, azentu igual-iguala dauka. Baina ez dut uste hura bezain tentela izango denik.

–Le puedo ayudar a bajar, usted tranquil.

–¡Ay, no sabes cuánto te lo agradezco! Tengo desgaste de cadera y…

Hortik aurrerakoa ez diot ulertu, sekulako erretolika bota baitu bat-batean, arnasarik ere hartu gabe.

–Aquí estoy yo. ¡Para el desgaste… neska gazte!

Trena geratu den unean jende gehiago agertu da ate ondora, jaisteko asmotan denak. Horien artean gizon trajedun bat, ilea gomina maskalez zapaldua eta bibote zorrotza sudur azpian. Begiratua ere zorrotza dauka.

–¿Vamos bajando o nos quedamos aquí para siempre?

Hau ere petralduta! Hori da plaga, hori, munduak daukana jende petralarekin!

–Presaka al haiz? Hurrena eserlekutik lehenago jaiki!

–¿Qué dices tú, mocosa?

Emakumeak begi-keinu bat egin dit irribarrez.

–¡Ni caso a los maleducados!

Gizon kopetilunak atzetik:

–¡Lo que hay que aguantar!

Arrazoia dauka, egoera hau ez dago aguantatzerik ez. Firme jarri naiz gizonaren aurrean.

–¡Usted a esperar calladito, zozokume lepa-iharra!

Gizonak pauso bat atzera eman du, apur bat kokilduta, madarikazio bat bota banio bezala. Horrela, piztia menderatu ondoren, lasai ireki diot atea emakume zaharrari. Ni jaitsi naiz lehenengo poltsak hartuta, gero bera makuluen gainean.

6

Geltokian airea fresko-fresko dago. Ez dizuet esan, baina azaroan gaude. Gure atzetik jende asko jaitsi da, tartean gizon bibotezorrotza. Orain igotzera doaz nasan trenaren zain zeudenak, eta ni haien atzetik.

–¡Espera, mi niña!

Oihukatu dit andreak. Besoak luzatuz, bi musu eman dizkit. Musuak beti hartu behar dira eman nahi dizkizutenean, gauza ederragorik! Gero poltsa bat ireki eta bonboi kaxa gorri bat atera du, eta handik dozena erdi bat bonboi paperean bilduak niretzat. Bonboiak eskuan jartzearekin batera zerbait esan dit. Ez dut hitzez hitz gogoratzen, baina hau zen gutxi gorabehera: 'Musuek bihotza asetzen dute, baina goxokiek tripatxoa'.

Kapeladun gizon batek bandera gorri bat jaso du txilibitua joz, eta, bat-batean, trena abiatzen hasi da poliki-poliki. Gurpilen kirrinka-hotsarekin bihotzak jauzi egin dit, bere lekutik irten nahian bezala. Askotan galdu naiz, baina hau larria litzateke: Burgosen bakar-bakarrik geratzea, gurasoak trenean Santiagoraino doazen bitartean! Ikarak goitik beheraino harrapatu nau. Bonboiak jateko gogoa ere galdu dut derrepentean.

Trena harrapatu behar dut. Korrika abiatu naiz, baina zorte txarra: maleta handi batekin estropezu egin dut, eta lurrera erori naiz. Kasualitatea: maleta gizon bibote-zorrotzarena da. Mekauenka hasi da berehala, 'Mierda!' esanez.

Hau egoera, hau: ni erorita nago, belaunak urraturik, maleta handi bat daukat aurrean, bonboi guztiak lurrean barreiatu dira, eta trena badoa, gero eta bizkorrago.

Orduan gauza harrigarri bat egin du emakumeak: hartu du makulua eta trenaren gurpilean sartu du. Klask hautsi da, txotxa balitz bezala, baina miraria gertatu da: trena

geratu egin da. Orduan entzun dut amaren oihua:

–Miren!

Treneko leihoan dago. Eta ondoan aita. Hark ere:

–Miren!

Orduan kapeladun gizona etorri da, banderarekin tren-gidariari ezezkoa egiten dion bitartean. Geltokiko beste bi arduradun dauzka ondoan. Hirurak gurpilari begira.

–¡Miren que ha pasado! –esan du batek.

–¡Una simple muleta a parado todo un tren! –gaineratu du besteak.

Baina politena hirugarrenak esan du: Trena nola joango zen, bada, halako neska polita han utzita?

7

Gauza ez da hor amaitu, ez. Gizon bibote-zorrotzak esaten zuen ni atxilotu egin behar ninduketela. Andre elbarriak ezetz, atxilotu beharrekoa gizon bibote-zorrotza dela. Geltokiko arduradunak ea nire arduradunak non dauden galdezka. Nahaste-borraste izugarria. Gurasoak trenetik jaitsi diren arte. Amak besoetan hartu eta musuka josi nau, aitak gainontzeko guztiak lasaitzen zituen bitartean.

Nik ez daukat errurik, baina horrelaxe korapilatu da dena, eta gauzak behin korapilatzen hasten direnean ezin izaten da hori gelditu korapiloaren azken koskaraino iritsi arte.

Imajinatu egoera, Burgosko nasan denak niri begira: gurasoak, geltoki-arduradunak, gizon bibote-zorrotza, andre elbarria, geltokian beste tren batzuen zain zeudenak, eta treneko bidaiari guztiak leihora irtenda, zer gertatzen den asmatu nahian.

Baina garbi geratu denean andre elbarriari laguntzea nire bihotz onaren agindu bat izan dela, egoera baretzen hasi da. Hitz handiak esaten ere hasi dira geltokiko arduradunak: gazte guztiak ni bezalakoak balira mundua hobea izango litzatekeela eta abar. Andre elbarrituak bonboiak banatu ditu denen artean. Treneko leihatiletan zeuden batzuek txaloak jo dituzte. Pertsona bakar batek jarraitzen zuen kopeta zimurtuta, inolako pozik adierazi gabe.

Nor izango da, ba? Gizon bibote-zorrotza! Nik kenduko dizkiot horri zimurrak betirako.

Jendea sakabanatzen hasi da. Leihoetako bidaiariak barrura sartu dira, geltokiko arduradunak euren bulegora joan dira, kapeladun

gizona trenari irteera ematera berriro, eta ni trenera igotzen hasi naiz gurasoekin.

–Itxoin, zerbait konpondu behar dut!

Eta jaitsi egin naiz bizkor, andreari galdetuz:

–Makulu hau alferrik daukazu, ¿Me lo presta?

–Ay, mi niña, haz lo que quieras, tu amor ya me ha iluminado el día.

Trena abiatzen hasi da berriro. Orduan, beste makulua hartu eta danba! eman diot gizon bibote-zorrotzari burutik behera. Eta miraria gertatu da; beno, bi mirari, hobeto esanda: makulua ez da puskatu, eta gizonak, burua igurtzi ondoren, barre egin du. Barre arraro bat, hori bai, baina barrea. Izango zituen hamar urte barrerik egin gabe, eta ohitura falta!

Trena abiatzen hasi da berriro, eta azkar igo naiz, badaezpada ere.

8

Ez dizuet kontatu, baina behin ia-ia galdu nintzen betirako. Ia-ia hil egin nintzela esan nahi dut. Amari ez zaio gustatzen hau gogoratzea, baina kontatu egingo dizuet, agian nire bizitzako unerik garrantzitsuena delako.

Hau gelako argiak piztuta kontatzea gustatzen zait, apur bat beldurgarria da eta. Nik une hartan ez nuen batere beldurrik pasa, baina pentsatzen jarrita izutu egiten du. Gauzak zer diren: orain hura oroituta gehiago ikaratzen naiz orduan bertan baino.

Sei urte neuzkan. Egun batean zorabiatu egin nintzen eta ohean etzan ninduen amak. Hotzikarak neuzkan, eta sukar handia, eta aurpegian halako orban gorri batzuk atera zitzaizkidan. Arnasa ezin nuen ondo hartu. Ez dut gogoan zer esan zuten, badakizue, izen luze eta bihurri horietako bat, nire gaitza izendatzeko.

Gogoan dut arratsalde batean anbulantzia iritsi zela etxe aurrera, sirena-hotsak ulu-ka eta argiak kliskatuz. Hara jaitsi ninduten eta bidean lo hartu nuen. Hurrena ospitaleko gelan esnatu nintzen, plastikozko hodi bat besoan sartuta. Aita eta ama han zeuden, niri begira. Alai ziruditen, laster sendatuko nintzela esanez; baina nik begiak erdi-itxita jarri nituenean tristatu egin ziren. Ez zekiten ni begira nengoenik, eta haien tristuran ikusi nuen nire egoeraren okerra.

Nik minik ez neukan, baina ez nuen ezertarako indarrik, lo egiteko ez bazen. Gauean esnatu nintzen. Dena ilun-ilun zegoen; ama ohe ondoko aulkian, lo. Leihoan izarrak ageri ziren, eta orain bi hodi neuzkan, bata sudurrean eta bestea besoan.

Orduan amona ikusi nuen ate ondoko aulki dotorean eserita. Soineko urdin bat zeukan, oso polita, eta ilea txuri-txuri. Irriba-

rrez ari zen eta zerbait esaten zidan, baina ez nion entzuten. Jaiki egin nintzen. Une hartan ez nengoen batere nekatuta, alderantziz: oso arin sentitzen nintzen, ia lurra ukitu gabe ibiliko banintz bezala, saltoka airean.

Amonaren magalean eseri nintzen. Oso usain gozoa zeukan. *'Nere aingeru txikixe!'* esan zidan, horrelaxe.

–Zurekin joan nahi dut, amona, ospitalean aspertu egiten naiz!

–Ez, maitea, oraindik ez. Etorriko zara, baina garaia iristen denean. Denok etorriko zarete. Ni zain egongo naiz.

–Non bizi zara?

–Ez oso urruti.

–Orduan bisitan joango naiz!

–Oraindik ez dute egin kaminorik ni bizi naizen lekuraino!

9

Une hartan nire ohe ondoko makina txistuka hasi zen. Kafea ematen duten horien antzekoa zen, baina nire egoera neurtzeko balio zuen, bihotzaren taupadak eta gauza horiek. Ama esnatu eta oihuka hasi zen. Medikuak etorri ziren korrika. Nik neure burua ikusten nuen ohean. Niri begira zeuden denak. Nik amari lasai egoteko esaten nion, baina ez zidan entzuten. Presaka etorri zen medikuetako bati boligrafo dotore bat erori zitzaion armairu azpira, baina bera ez zen konturatu.

–Tira, maitea, segi ohera –esan zidan amonak–, eta disfrutatu bizitza!

–Amona, oso soineko polita daukazu. Ea... erakutsi atzealdea!

Amonak barre egin zuen jaikitzen zen bitartean, eta 'panba', ipurdiko bat eman nion.

Gero, hark esanda bezala egin nuen. Ohean etzan nintzen. Begiak zabaldu nituenean, denak asko lasaitu ziren, eta ama musuka hasi zitzaidan.

–Ene, nere aingeru txikia!

–Amonak 'nere aingeru txikixe' esaten zuen!

–Nola dakizu hori?

–Berarekin egon naiz orain!

Ama harri eta zur geratu zen, begiak zabal-zabal eginda.

–Zuk amets egin duzu, maitea: amona zu jaio aurretik hil zen!

–Bisitara etorri zait, bere soineko urdinarekin. Eta badakizu zer? Ez dauka tarratadarik atzealdean. Aingeruren batek konponduko zion!

Gure etxean askotan kontatu dute amona hil zeneko istorioa. Hilkutxan sartu aurretik amak apain-apain jantzi omen zuen bere soinekorik onenarekin, urdinarekin, alegia, baina aitona oihuka hasi omen zitzaion, amona ezin zela horrela bidali beste mundura esanez.

–Zergatik ez, ba? –amak.

–Zergatik? Ikusi al diozu zer xiete daukan soineko horrek atzealdean? Zure burua baino handiagoa. Zer esan behar du San Pedrok?

Azkenean konbentzitu zuten, behintzat, zeruan ez zirela gauza horiei begira hasten.

Amak jakin-minez galdetu zidan:

–Eta zer esan dizu amonak?

–Ba, garaia iristen denean denok joango garela berarengana, bera zain egongo dela, baina oraindik ez dela unea iritsi. A! Eta bizitza disfrutatzeko esan dit.

Ama negarrez hasi zen justu medikua boligrafo bila hasi zen bitartean.

–Armairu azpian dago! –esan nion. Eta han aurkitu zuen. Harrituta begiratu zidan.

–Baina, baina… nola zenekien hori? Koman egon zara eta…

10

Egun gutxira sendatu egin nintzen, eta medikuak harrituta geratu ziren sendaketa azkar hura ikusita. Amak azkenerako sinistu egin zidan amona hilarekin hitz egin nuela, baina inori ez kontatzeko esan zidan, badaezpada. Izan ere, helduek gauza asko egiten dituzte *'badaezpada'*; edo, hobeto esanda, gauza asko uzten dituzte egin gabe *'badaezpada'*, inor ez mintzeko, inor ez molestatzeko... beti beldurrez baleude bezala. Badirudi alaitasunez bizitzeak, eta alaitasun hori erakusteak beldurra ematen diela. Zer aspergarria izan behar duen horrela bizitzea!

Eta pentsatzen jarrita, zeri ote diote beldurra? Nik ez nuen, ba, beldurrik izan amona hila ikusita. Irribarretsu zegoen, hain polita, ile txuri-txuriarekin! Hildakoak aipatzen ditugunean, badirudi ikaratu egin behar dugula, guri sustoa ematera etorriko balira bezala, hozka egitera, gu jatera... Zer inozokeria da hori? Gure senide bat bada hildakoa, nola ez gaitu, ba, maiteko hil eta gero ere? Amonak ni ez ninduen ezagutu bere bizitzan, baina nola ez nau maitatuko, bere alabaren alaba izanda?

Santiagora iritsi gara; *'tontamente'*, esan du aitak. Hori esaten du beti zerbait ia konturatu gabe lortzen dugunean. Imajinatu gutxi ikasi duzula, baina azterketan sekulako emaitza izan duzula... Ba, hori *'tontamente'* aprobatzea izango litzateke gure aitarentzat. Baina ez dakit nik, tontamente aprobatze hori arraroa da, ezta? Aprobatzen duena ez da tontoa izaten... Ez dago zalantzarik: gure aitak ez daki gauzak behar bezala adierazten.

Santiagora iritsi gara, baina ez tontamente; hamar ordu igaro ditugu behintzat trenean, ni bide erdia pasa lo etorri banaiz ere! Pentsa: goizean ia ilunpetan atera gara, eta orain iluna da Santiagoko geltokian. Kristalaren bestaldean, trenaren abiaduran, atzean utzi ditugun zuhaitzak, herriak eta mendiak bezala joan zaigu eguna ere. Orduak motel, gu abiada bizian bagindoazen ere.

Baina iritsi gara azkenik. Jendez beteta dago Santiagoko geltokia, batzuk trenetik jaisten, besteak igotzen, eta beste batzuk, zaharrak batez ere, geltokian paseatzen. Zertarako paseatzen ote dute agureek geltokietan? Ziur aski gaztetan etxetik alde egin nahi izan zutelako, baina trenera igotzen ausartu ez zirelako. Japoniarrak pasa dira, multzo handi batean. Nora etorri ote gara? Japoniar asko dabilen lekua, malo: hiper-turistikoa izan ohi da.

Gu bagoaz kanporantz, maletei tiraka. *'Gurpiltxoak asmatu zituztenetik ez dago prolemarik'*, dio aitak. Eta kontatzen du lehen maletak eskuan zintzilik eraman behar zirela. Edo bizkarrean. Gurpiltxoak asmatu? Errueda ez al zen, bada, duela milaka urte asmatu? Gure aita hau…

11

Taxian sartu eta hotelera goaz lehendabizi, maletak uztera. Oso gela polita da. Isilik geratu gara, baina berehala *'goazen hankak luzatzera'* dio amak, *'dutxa bat hartzera'* dio aitak... Nik amarekin nahiago kasu honetan; horoskopo txinatarrean katua naiz, eta ura ez zait gehiegi gustatzen. Aitari itxoingo diogu.

Dutxatik atera eta jantzi denean, *'afaltzera aterako gara'* esan du aitak, eta afaltzera atera gara; baina ordua delako, ez aitak esan duelako. *'Hau garbi gera dadila'*. Hori edo antzeko esaldi bat askotan erabiltzen du amak, aitaren gustuko zerbait egiten duenean, beti ez diola gustua ematen erakutsi nahian edo.

Hotelaren atarian amak gerarazi egin nau, eta sorbaldatik bultzaka bira emanarazi dit, hotela ondo ikusteko: bere izena ondo ikasteko agindu dit, galduko banintz ere.

Oso erraza da hotelaren izena: *'A nosa casa'*. Ulertzen da esanahia, ezta? *'Casa'*k berak esaten du zer den, etxea, eta *'Nosa'* horrek, berriz, gurea esan nahi du. Gure etxea, alegia; eta egia da: gure etxea izango da hotel hau Santiagon emango ditugun egun hauetan, ez dakit seguru zenbat, lau, bost, sei... Nik hogeita hamasei nahiago, gabonak arte eskolara joan beharrik ez izateko. Izan ere, azaroa da. Esan dut, edo ez? Ez dut esan Burgosen jaitsi naizenean haize hotz-hotza zegoela? Beno, berdin dio: azaroan gaude, lehen elurrak hasten diren sasoia, gaztainak jateko denbora... Eta ez galdetu niri zergatik etorri garen oporretara hain data arraroan.

Baina ez gaitezen liatu: hotelaren izenaz ari ginen. Ederki ikasi dut, eta ikasi beharko: *A nosa casa*. Amak sei aldiz galdetu dit izena.

–Galtzen bazara aski duzu izen hori ematea udaltzainen bati, eta listo!

A NOSA CASA
nosa

–'Lista' esan nahiko duzu... ni neska naiz gero!

Aitak barre egin du nire ateraldiarekin, baina amari ez zaio batere gustatu. *'Bertsokeriak'* deitzen die nire ziri hauei, erdeinu aurpegia jartzen duen bitartean. Baina, automatikoki, gurasoetako batek erdeinu edo izorratu aurpegia jartzen duenean, besteak satisfazio aurpegia jartzen du. Beti gerra batean bezala bizi dira biak, zeinek aginduko, zeinek grazia gehiago egingo, zeinek arrazoia edukiko, zer egingo bestea haserretzeko... Agian maitasuna horixe izango da, ez dakit.

–Oso lista zara, bai, zeure ustez! Ikusiko dugu! –esan du amak serio jarrita, eta, egia esan, beldur pixka bat ere eman digu aitari eta bioi *'Ikusiko dugu!'* misteriotsu horrekin.

12

Atzoko afariaz ez galdetu, ez dut-eta gogoratzen. Oso nekatuta nengoen, nonbait, eta zer edo zer jaterako lo geratu omen nintzen, esan dit aitak gaur goizean.

Gaur, ordea, neu esnatu naiz lehendabiziko. Oporretako urduritasunarekin ezin nuen lo egin. Gurasoak, aldiz, ederki zebiltzan ohean jira eta buelta. Leihoa ireki dut, eta kanpotik zetozen zaratekin esnatu dira.

Jantzi, gosaldu, eta kanpoan gaude hiria ikusteko prest. Amak berriro galdetu dit hotelaren izena. Eta aurrean daukan txapa urdina seinalatu dit; horrek bereizten omen ditu hotelak.

Bagoaz kalean aurrera. Jende asko dabil, sekulako giroa dago hemen. Semaforo batean geratu gara. Une hartan pertsona talde bat hurbildu da guregana. Fraile jantzi marroiekin datoz batzuk, besteak txandalean. Baina denek dakartzate kiroletako oinetakoak. Izerditsu daude. Makila handiak dauzkate eskuetan. Hemen zer da, Santa Ageda urte guztian? Hauek agian auzoz auzo dabiltza kantuan.

–Begira, erromesak dira! –esan dit amak–. Urrutitik datoz, santuari egindako promesaren bat betetzera!

–Bai zera! Dauzkaten tripa handi horiekin, hauek kantuan dabiltza! Baietz hasi?

Haien erdira sartu eta haietako bati kendu diodan makilarekin erritmoa ematen hasi natzaie. Tentelak dirudite denek. Niri begira jarri dira, baina denak geldi. Ez dira, ba, martzianoak izango? Hizkuntza ere, auskalo zein hitz egiten duten! Baina ez dute ni urduri jartzerik lortuko. Oihukatu egin behar izan diet:

–Tira, tximino batek ere egingo luke eta!

Miraria! 'Tximino' hitza ulertu balute bezala makilarekin lurrean kolpeka hasi dira, nire erritmoari jarraituz.

–Santa Ageda bezpera degu, Euskalerriko eguna...

Eta 'Lalaralala' dioen zatian bat egin dute nirekin; letra hori badakite behintzat! Ea! Segi! Gero eta azkarrago daramat erritmoa eta nire kantariak gustura.

Orduan ama sartu da korroaren erdian. Haserre dator, baina laster lotsatuko da denen erdian; ezagutzen dut.

–Ikusten al duzu, ama? Hauek Santa Eskekoak dira!

Hasieran iletatik heldu nahian hasi zait, baina gero irribarre egin behar izan du, biribilkia jendez beteta ikusi duenean, denak berari begira.

–Tira, maitea, goazen, ez itzazu molestatu!

Baina hauek pozik dirudite makilarekin kolpeka, gero eta indartsuago denak. Bat-batean amak makila kendu dit eskuetatik eta ipurdia astindu dit handik mugitzeko. Gero zerbait ikaragarria gertatu da, baina oraindik ere ez dakit nola.

13

Amaren eskuetatik ihesi joan naiz, eta sotanadun baten azpian ezkutatu. Taldekoak algaraka hasi dira, batzuk ni babesten, eta besteak nire amari zerbait esaten. Sotanako zulotxo batetik dakusat ama, jirabiraka nire bila. Aita hurbildu da, eta honek zerbait esan dio, kalearen bestaldea seinalatuz; agian nire moduko bat ikusi du igarotzen eta ni naizela pentsatu. Zirimola dexentekoa sortu da: Ama makurtuta nire bila, aita besotik tiraka, jendea gora eta behera... gainera semaforoa berde jarri da, eta zain zeudenak kalea zeharkatzen hasi dira. Gurasoak ere bai. Makiladunak oihuka hasi zaizkie, baina ziurrenik ez zieten ezer ulertuko. Ibili-ibili eginda, nik uste mozolo samarrak zirela; santu ezezagun bati promesa egiteko halakoa izan behar, ezta?

Ziztu bizian atera naiz sotanapetik. Jende artean justu-justu ikusten ditut gurasoen hankak. Noan bizkor!

Kaka zaharra!

Oraintxe aldatu behar zuen semaforoak! Emakume batek eutsi egin dit, eta eskerrak: autoa nire sudurretik hamar zentimetrora pasa da. Kalean gora joan naiz apur bat; ikusten ditut gurasoak oraindik, baina kalearen bestaldean!

Buelta eman dute. Ondo! Honantz datoz berriro.

Baina ez, berriro pausoak okertu dituzte. Ez naute ikusten, besoa jasota haiei oihuka. Bistatik galdu ditut. Semaforoa berde berriro. Banoa tximista baino azkarrago. Jende asko dabil, ordea; sigi-sagan nabil. Ai ene, bizitza osoa horrela igaroko ote dut, sigi-sagan?

Zeharkatu dut kalea. Mugi. Ez denborarik galdu. Espaloian noa. Jendea han. Jendea hemen. Arnasestuka noa. Txakurrak. Dendak. Basura-kaxak. Galtzak. Gonak. Zapatak. Botak. Kaka zaharra! Murumendiko txanbelin zanpana! Gabiriko purtzil zatarra!

Alferrik: ez ditut gurasoak inondik ikusten. Kale honetan aurrera egin, eta ezer ez. Beste kale horretan aurrera jo, eta ezer ez. Ez atzean, ez aurrean...

Hara, hotel baten txapa urdina dakusat: Ondo!

Ez, ondo ez. 'Hotel Gelmirez' jartzen du bertan.

Beste txapa bat: Bien!

Ez, bien ez: 'Hotel Compostela' jartzen du.

'Lizarra' jartzen duen taberna bat. Salbatua naiz: taberna euskaldun bat. Barrura noa. Mostradorea dena pintxoz beteta dago. Aulki luze batera igo eta galdetu diot zerbitzariari:

–Ba al dakizu non dagoen 'A nosa casa' Hotela?

–No te entiendo nada, mi amol...

'Mi amol' horretatik aurrerakoa ez diot ezer ulertu. Zer euskaldun klase da *'mi amol'* esaten duena?

Aitortu egin beharko dut: galdu egin naiz berriro!

14

Galdu egin naizela aitortzeko moduan naiz berriro eta gainera lehen egunean; azken eguna izan balitz, sikiera, jada ezagutuko nuen hiria, eta gutxi-asko asmatuko nuen hotelera edo ingurura hurbiltzen. Baina lehen egunean, ezagutzen ez dudan hiri batean, zer egin behar dut? Hamar urte besterik ez dauzkat.

Zer egin behar dut? Negarrez hasi? Beldurtu? Histerika jarri, behin armiarma bat ikusi ondoren, aitaren inpresora gainera igo eta irristatuz ordenagailua lurrera bota eta disko gogorreko programa guztiak ezabatu nizkionean bezala?

Patxadan hartuko dut egoera. Amak esan zuen atzo Santiagoko parte zaharra oso polita dela, eta ez dela hain handia. Eta ni parte zaharrean nago. Hemen buelta batzuk emanez gero aurkituko ditut gurasoak, eta gurasoak ez badira udaltzainen bat, hotelera eraman nazan. Patxada galtzen ez badut ondo bukatuko da dena; gainera, gurasoak ere ariko dira nire bila, ezta? Edo ez? Ziur aski bai, normalean nota onak ateratzen ditut, eta ohea ere gehienetan eginda uzten dut; beno, askotan; beno, batzuetan bai, behintzat. Gela ere jasotzen dut hilean behin edo; eta amari baratxuriak edo arrautzak ahazten zaizkionean, hor joaten naiz bila dendara zintzo-zintzo, pasa den astean eskaileretan erori eta dozena bat arrautza puskatu zitzaidan arren.

Tira, utz ditzagun iraganeko gauzak. Burua horrela ibiltzen zaigu, txori ero bat bezala adar batetik bestera saltoka, burutazio batetik bestera jauzika, ezer probetxuzkorik egin gabe, errealitatetik ihesi beti. Errealitatea: zer da errealitatea? Nik neurea dakit: une honetan galduta nagoela eta zerbait egin behar dudala.

Kale luze batean aurrera joatea erabaki dut. Hemen ez dabil autorik. Harrizko kaleak dira, oinezkoentzat gordetakoak; zein

ederki ibiltzen den autorik gabeko kaleetan! Jende asko dabil, baina ume gutxi. Gehienak helduak dira, batzuk presaka doaz; euren sudurraren aurrera baino ez dute begiratzen. Beste batzuk patxadan dabiltza, dendak ikusiz, tabernetako jan zerrendak irakurriz.

Baina udaltzainik bat bera ere ez. Non sartzen dira haien beharra daukazunean? Hori esaten du aitak: gaizki aparkatu duzunean, taka agertzen da beti udaltzainen bat; baina kale bat non dagoen galdetu nahi duzunean, inondik ere ez da bat bera ere ikusten. Munduak zergatik izan behar du beti aldrebes?

Kale luze honen bukaeran enparantza ikaragarri bat agertu da. Gure auzo osoa kabituko litzateke hemen! Horman dagoen txapa batek *'Praza do Obradoiro'* jartzen du. Obradoiro, Obradoiro, ezaguna egiten zait. Ez al da saskibaloi talde bat?

15

Jende multzoak dabiltza, euritako zirak jantzita; talde bakoitzak du bere kolorea, batzuek berdea, besteek urdina, futbol talde ezberdinak bezala. Turistak izango dira, artaldean doaz eta. Horiek ez daukate galtzeko arriskurik: galtzen bazara, eta zure zira horia bada, aski duzu zira horidunen bila ibiltzea.

Eliza ikaragarri bat dago aurrez aurre; ia bukaerarik ere ez zaio ikusten. Beldurra ematen dit han goitik zer altura ikusiko den irudikatzeak ere! Niri ez zait oso polita iruditzen. Nahiago ditut mendian egoten diren ermitatxo txikiak; baina ospetsua izango da eliza puska hau, denek argazkiak ateratzen dizkiote eta.

Elizaren aurrean, enparantza mugatuz, eraikin handi bat dago, banderaz beteta; baina ikurriñarik ez dauka. Izan ere, hemen ez dute jakingo ikurriñak zer kolore dituen eta nola kokatzen diren lerroak!

Musika entzun dut. Zer polita! Nire bihotza saltari hasi da. Goiz osoan izan dudan unerik ederrena da. Soinu asko entzuten ditut: hemen gaitajole bat dago; harantzago gitarrajole bat; eta arkupe baten babesa aprobetxatuz biolinjole bat. Baina bakoitza bere kantua ari da jotzen. Zergatik ez ote dira biltzen talde bat osatzeko? Horrela kontzertuak emango lituzkete areto dotoreetan, eta diru gehiago irabazi. Ezin jakin: igual ez dute elkar ezagutzen; edo ezin dute elkar ulertu, munduan dagoen hizkuntza-entsaladarekin. Edo igual ez dute loturarik nahi, astero entsaiatu beharko lukete eta, auskalo!

Baina burutazioak utzi eta errealitatea hau da: egundoko gosea daukadala. Tripak korroskadaka dabilzkit. Neu jango naute ezer ematen ez badiet! A zer txorakeria esan dudan: tripak ni jan? Bakarrik zaudenean nolako tontakeriak etortzen diren.

Dena tabernaz beteta dagoen kale batean noa orain. Taberna hauen erakusleihoak arrainontziak bezalakoak dira, eta era guztietako karramarroz beterik daude: batzuk borobilak, besteak luzexkak, haien artean badira buztan luzedunak, eta igeri egiten dute dantzan ari balira bezala; beste batzuek, berriz, hagin indartsuak dauzkate, soka batekin lotuak, eta bibote luzeak.

Karramarroen gainean hildako arrainak daude, txuletak, eta olagarroak, zutik jarriak, atea irekiz gero ihesi ateratzeko moduan. Hemen oso ospetsuak omen dira karramarro horiek, eta olagarroak; baina nik egia esango dut: ikusita bakarrik nazka ematen didate. Baina daukadan gosearekin, ez jakin...

Hona hemen, azkenean, nire gustuko taberna: Bodegon Xulio. Erakusleihoa dena tartaz betea dauka. Horiek bai jango nituzkeela, bat oso-osorik oraintxe. Edo bi. Edo hiru. Edo lau. Edo...

16

Kalea 'Rua do Franco' deitzen da. Niri esan didate Franco hori gaiztoa zela. Zakurputz berdea, doala pikutara. Nik ez dut hemen egon nahi.

Haur talde bat igaro da nire ondotik. Nire adinekoak dira, hogei edo hogeita hamar igual, eta soka bati helduta doaz ilaran. Bi irakasle dituzte zaintzen. Baina irakasleak elkarrekin hitz egiten ari direla aprobetxatuz, sokari heldu diot, azkenekoaren atzean jarrita, eta hor noa eurekin, euretako bat bezala. Ea nora naramaten!

Nire aurrean neska bat doa. Harrituta begiratu dit, baina laster irribarrez agurtu nau.

–¡Eu chamome Marta!

–Ni Miren!

–¡Eu teño oito anos!

–Zuk zortzi urte? Neuk hamar!

Eta lagun egin gara, ia ezer ulertzen ez diodan arren.

–¿Eu son de Vilagarcia, e ti?

–¡No comprendo mucho castellano, y menos gallego. Ni euskalduna naiz, soy euskalduna!

Orduan Zumaia aipatu du:

–Meu pai traballa ás veces en Zumaia.

Alegia, tarteka Zumaiara etortzen dela bere aita.

–¡Mi padre, edo meu pai... en Martxial Ucin!

–¿Martxial Ucin? ¿E iso que é?

–¿Iso que é? Begira, garbi esango dizut: ¡Un putiferio!

Barre-algaraka hasi da Marta.

–¡Meu pai dice asi, por lo menos!

–¡Iso é una palabrota!

–¡Palabrota o palabrón, nire aitak beti razón!

Bale naiz! Lagun bat egin dut, eta hori ez da gutxi mundu honetan. Irakasleek tarteka guregana begiratu dute, baina ez dirudi ezertaz konturatu direnik. Motxila handi bana darama irakasle bakoitzak, eta nik badakit hor barruan zer dagoen: ogitartekoak. Laster izango da bazkaltzeko ordua. Soka ere jango nuke!

Kale bihurri batzuetan barrena garamatzate, eta tarteka argibideak ematen dizkigute, gida turistikoak bezala, baina oso labur hitz egiten dute. Izan ere, haurrei begirada joaten zaie bazter guztietara, niri izan ezik; nik begiak irakasleen motxiletan dauzkat tinkatuta: hemen zer jartzen ote diete gurasoek ogitartean?

Ibili-ibili eginda, berriro lehengo enparantza erraldoi hartara iritsi gara, eta lehen aipatu dizuedan eraikin handi hori, banderaz beteta dagoena, ba, horren arkupeetan sartu gara. Nik susmatu bezala, bazkaltzeko ordua da Galiziako haurrentzat, eta nik elkartasuna adierazi nahi diet alor horretan.

Lurrean eseri gara eta irakasleek ogitartekoak banatzeari ekin diote.

17

Zorte handia daukat gaur: ogitartekoak nire aldetik hasi dira banatzen. Motxila ireki eta nirea zein den galdetu dit. Ogitarteko guztiei begira, paper marroi batean bilduta dagoen handi bat seinalatu diot irakasleari. Irribarretsu atera du, niri ematera doa, baina...

Begira-begira jarri zait, martzianito bat ikusi balu bezala. Harri eta zur dago; ni ere hala egongo nintzateke. Okerrena da ez dakidala zer esan. Ez dut ezer pentsatu. Hasieran ezertaz konturatu ez direnez, pentsatu dut gero ere ez zirela ohartuko. Eta gero Martarekin entretenitu naizenez, ez dit denborarik eman ea aurreko nire pentsamendua ondo zegoen ala ez pentsatzeko. Ez dakit ulertzen den, baina nik bai ederki: larri asko nago orain, lehen aitzakiarik asmatu ez dudalako.

Nor naizen galdetu dit, eta gero ulertu ez dizkiodan gauzak esan ditu. Orduan, Martak hartu dit aurrea:

–¡É a miña prima. Atopeina aquí!

Bere lehengusina naizela, hori ulertzen diot; baina ´miña´ kontu horrek ez dit grazia gehiegirik egiten. Miña ez da ona. Hemen topatu nauela esan dio, Santiagon. Lasaiturik, irakasleak esan dio gurekin gera litekeela, alegia: ni hauekin gera nintekeela, hobeto ulertzeko. Eta erdibidean geraturik zegoen ogitarteko handia nire eskuetan utzi du.

Ilaran jarraitu dute irakasleek ogitartekoak banatzen, baina lana amaitu dutenean arazo bat sortu da. Pentsatuko duzue zer arazo. Nik badaezpada nire ogitartekoa lehenbailehen jateari ekin diot. Ederra dago benetan.

Arazoa da ogitarteko guztiak banatu ondoren, mutiko batek eskua jaso duela, negarrez hasteko zorian: hari ez diotela eman salatu du.

"Nola da posible" esanez hasi dira irakasleak. Nik badakit nola den posible. Ikusten nola ikasleok askotan irakasleak baino azkarragoak garen?

Ni badaezpada ogitartekoa jaten ari naiz, hozkada handiak emanez. Ederra baino hobea dago. Nola deitzen zaio, baina, ederra baino hobea denari? Auskalo.

Bi irakasleak niregana datoz. Datozela, ia ogitarteko erdia jan dut eta. Gainera, orain pentsatuta daukat zer egin, eta horrek lasaitasun handia ematen du.

Martari zerbait galdetu diote, imajinatzen dut zer. Baina Martak ezer erantzuterako, protesta egin duen mutikoa negarrez hasi da, haren makakorroak!... nire ogitartekoa seinalatuz. Lurrean dagoen paper marroia ezagutu du nonbait.

Martari musu eman eta, ogitartekoa eskuan ondo estututa, korrika atera naiz enparantzan aurrera. Zer egin behar nuen?

18

Ez ditut metro asko egin korrika: batbatean udaltzain handi bat aurkitu dut aurrez aurre. Norbait gogorarazten dit... Bibote zorrotza dauka sudur azpian... Baina ez dakit, ez naiz konturatzen zeinen antza duen.

Aitak esaten duenarekin oroitu naiz: udaltzainen beharrean zaudenean ez duzu bat bera ere ikusten, baina zerbait ezkutuan egin nahi duzunean, tapa agertzen dira. Enparantzaren erdian gaude biok, aurrez aurre. Nik ogitartekoa atzean gorde dut, badaezpada. Zerbait esaten hasi zait, baina ez diot ulertzen. Batzuetan, komeni ez denean ona izaten da ezer ez ulertzea. Nora noan galdetuko du, pentsatzen dut. Hotelaren izena esan diot.

–¡A nosa casa!

Barrez hasi da. Zergatik ote? Txiste aurpegia ote daukat, ba? Aspaldian ez du berea ikusi ispiluan...

–¡Será a tua casa, toliña!

Atzetik segika abiatu diren irakasleak heltzen ari dira, oihuka, eta haiengana ireki ditu belarriak udaltzainak. Bat-batean haserretu egin da, eta sudurretik heldu dit.

Han geratu naiz sandwich bat eginda: atzean irakasleak, aurrean udaltzaina, eta haren eskuetan nire sudurra, pintza batekin helduta bezala. Haserretu egin naiz. Ostikada bat eman diot udaltzainari, ahal dudan indar guztiarekin, eta beste bat irakasleetako bati. Ez dut begiratu ere egin nor harrapatu duen. Hori dena ogitartekoa soltatu gabe. Eta ihesi atera naiz enparantzan zehar.

Atzera begiratu dut; ez dator inor atzetik. Nire ostikadek diana jo duten seinale. Dena ogitarteko zimel bategatik. Haserretu egin naiz, benetan. Udaltzain baten lana al da ume bati sudurretik heltzea? Ez al dago arazo larriagorik hiri honetan edo?

Haserretu egin naiz, bai. Haserrea atera egin behar da aldika, ez da txarra. Ateratzen ez bada pilatu egiten da; egun askotan, hilabete askotan, pilatzen joango zaizu. Eta azkenean sumendi bat bezala lehertuko da, beharbada arazo txiki baten aurrean. Orduan inozoa eta dena emango duzu, zeren esango dizute: *'Jesus, txorrada bategatik horrela jartzea ere!'*. Haserrea sentitzen dugun unean poliki-poliki ateratzea hobe da, urte guztian pilatutakoa kontrolik gabe botatzea baino.

Nik bota dut une honetako nire beroaldia; ostikada forma hartu du. On egin dit.

Ederki noa aldapa batean behera, nire haserrea enparantza erraldoi horretan utzita. Eta, dagoeneko, ogitartekoa nire urdailean dago.

19

Ederki nago. Lehenengo lasaialdia goiz osoan. Jatetxe bat dago eskuinean, baina ez dit batere inbidiarik ematen. Begira zer jartzen duen: *'Enxebre. A boa cociña galega'*. Boa ez al da suge erraldoi bat? Hemen sugeak jaten al dituzte? Ez naiz harritzen, normala gero denak petralduta ibiltzea.

Eskailerak daude kalexkaren amaieran. Saltoka jaitsi ditut, eta salto batean joan da nire lasaitasuna: udaltzainen egoitzaren aurrera atera naiz, muturrez mutur. Bertan, aparkaturik, dozena bat auto bai, argi urdinekin eta sirenekin, ni harrapatzeko prest.

Hiru norabide dauzkat begien aurrean: ezkerrera jo dut, egurrezko aterpe baten babesera, lanbro pixka bat hasi du eta. Hementxe egongo naiz atertu arte.

Nire usteak erdi ustel, ordea. Udaltzainen egoitza oso luzea da, nonbait, eta ezetz asmatu nor agertu den nire aurrean dagoen eraikineko leiho batetik? Udaltzain bibotezorrotza. Ni ikusi orduko oihuka hasi da, lapurrik edo hiltzailerik makurrena ikusi balu bezala. Bere atzetik, beste sei-zazpi bat udaltzainek atera dute sudurra leihotik. Autoetako sirenak intzirika hasi dira, argi urdinak ñirñirka.

Korrika atera naiz, jan ondoren korrika egitea ez da ona, baina! Hiru, lau, bost edo sei kale igaro ditut. Nik uste orain salbu nagoela. Baina tentuz ibili behar dut. Espioitzari buruzko film batean ikusi nuenaz oroitu naiz: bertan, inor segika zuen edo ez jakiteko, iheslaria taberna batean sartzen zen, eta kristalaren ondoko mahai batean eserita kalea zelatatzen zuen, ea inor zetorren bere atzetik. Horixe egingo dut.

'Cafeteria Azul' dakusat neure aurrean. Sartu naiz barrura, eta hara, zortea: leiho ondoko mahaia libre dago, eta loreontzi bat dauka erdian; haren atzean ezkutatu naiz. Horrela, kalea ikusi dezaket, baina kaletik ni nekez.

–¡Bos dias! –entzun dut nire gibelean.

A zer sustoa: zerbitzaria da. Pare bat euro badauzkat poltsikoan zerbait hartzeko.

–¿Que vai tomar a señorita?

–¡Un aquarius-cola!

Jende asko igarotzen da kalean, aurrera eta atzera, baina udaltzainik ez. Zerbitzariak aquariusa ekarri dit; nik dirua eman diot. Kezkatuta begiratu dit une batez.

–¿Ti non es pequerrechiña de mais para andar sola?

Kafetegi ondoan gazta-denda bat dagoela ikusi dut.

–Mis padres han entrado a comprar queso.

Barre egin du:

–¡Ti tranquila; ademáis, fóra chove moito!

Arrazoi du: lanbroa euri-jasa bilakatu da.

20

Atertu du eta banoa. 'Lambetadas', dio denda baten gaineko iragarkiak. Zer ote da hori? Gauza ona, dudarik gabe: Barrua izozkiz eta goxokiz betea dago. Izen hori ikasi egingo dut. Baina une honetan dirurik gabe nago ezer erosteko ere.

Izkina batean gizon ile-luzedun bat gitarra jotzen ari da; ez, ez da gitarra, harpa baizik. Gizona zaharra da, baina ilea hori-horia dauka; esan nahi dut zaharra izanagatik ere ez zaiola zuritu. Auskalo nongoa den. Ni ere ilehoria naiz.

Harpa-doinua oso gardena da, liluragarria, ipuin baten barruan sartzen zaituela dirudi, eta kale zati hau halako sorginkeria batez betetzen du gizonak bere musikarekin.

Aurrean sonbreiru bat jarria dauka, dirua jasotzeko; baina ez diote askorik botatzen. Ordu erdia eman dut berari begira, eta bost euro baino ez dizkiote bota.

Nik badakit negozioa nola hobetu: bere ondoan eseri naiz. Harrituta begiratu dit. Orduan, erlojua erakutsi diot eta keinuen bidez esplikatu diot hitzarmena: ordu erdi bat egongo naizela bere ondoan, eta jasotzen dugun dirua erdibana! Berehala ulertu du. Berak ere badaki, nik bezala, jendea gehiago errukitzen dela ume bat ikusten badu eskean.

Hor gaude biok, izkinaren babesean eserita: gizona harpa jotzen eta tarteka kantuan, eta ni gaixo aurpegia jarrita bere ondoan, goseak banengo bezala, triste banengo bezala... Jendea erruz hasi da dirua botatzen minutu gutxi barru: bi eurokoa, gero bostekoa, gero hamarrekoa, euro banakak arrapaladan! Gizonak gero eta indartsuago kantatzen du, pozik.

Ordu erdia joan da, eta begirada txarrak ere ikusi ditugu: izan ere, jendeak uste du ni gizon horren alaba naizela, eta berak ni esplotatu egiten nauela.

Guk elkarri begiratu eta irri firfiraz agurtzen dugu elkar noizbehinka; izan ere, biok gara ilehoriak, eta aita-alabak izan gintezkeen, edo aitona-bilobak. Ondo sentitzen naiz; inoiz ez nuen pentsatuko kalean eserita dirua eskatzen ondo sentituko nintzenik. Bizitzak zer ezusteko ematen dituen. Inoiz ez duzu jakiten gauza bat egiten nola sentituko zaren, egiten hasi arte!

Gizonak zerbait esaten dit, baina ez diot tutik ulertzen. Hitz bat errepikatzen du sarri: Hans. Hans. Bere izena izango da.

–Ni Edans deitzen naiz! –esan diot adarra jotzeko–. Hans eta Edans! Ederra parea! –gaineratu diot, baina ez du barrerik egin. Ez du ulertu.

Edo bai. Zeren kartoizko kaxa bat atera du poltsa batetik, eta zurrutada luze bat jo du handik. Ardoa izango da. Gero eskaini egin dit. A zer nazka!

–No, no –esan diot–, no me llamo Edans, ni quiero beber.

21

Zurrutada bukatu ostean barre-algara egin du Hansek, baina ez dut uste mozkortuta dagoenik. Berriro ere hatzak harparen soketan jarri eta laztantzen hasi da, kalea berriro ere sorginduz.

Ondo sentitzen naiz, eta oraintxe konturatu naiz zergatik: Hansek ez didalako galderarik egiten, ea zer egiten dudan bakarrik, ea nongoa naizen, ea gurasoak non ditudan, ea lo non egiten dudan... Zure bizitza esplikatu beharrak askotan nekatu egiten du. Hansek askatasuna ematen dit, nahi badut bere ondoan geratu, nahi badut joan, ezer justifikatu gabe. Oso gauza ederra da, bere musika bezalakoa.

Beste zurrutada bat jo dio kartoizko kaxari, eta hizketan hasi zait. Ez diot ulertzen, baina susmatzen diot zerbait. Askotan errazago baita susmatzea gauzak hitzez ulertzea baino. Berari buruz ari da hizketan, hala iruditzen zait behintzat: herriz herri ibiltzen dela musika jotzen; zerua seinalatzen du gero, alegia, epel denean izarren azpian egiten duela lo, eta hotza denean etxeetako portaletan. Hurrena munduko lekuak aipatu ditu: Amsterdam, Dublin, Italia, Capri, Palermo, eta Paris aipatu ondoren *'O la la Paris'* esan du.

Haizeari muxuka hasi da, adieraziz maite bat baduela, baina eskua gora jaso du, urrun dagoela esanez bezala. Gero bihotza seinalatu du, han daukala, alegia, bere maitea, eta malko bat atera zaio, asko maite duela azpimarratzeko, eta faltan botatzen duela. Nik hala ulertu diot behintzat. Arreta jarriz gero, gauza asko uler diezaiokezu ezer ulertzen ez diozun bati ere.

Arreta edo... maitasun pittin bat; 'pittin' bat esan dut, zeren maitasun handia gutxiri izaten zaio. Horregatik pixka bat aski da

AZUL

jendea ulertzeko, baina askotan hori ere falta zaigu.

Bat-batean serio jarri da, eta neuk ere beste hainbeste egin dut: izan ere, bi udaltzain datoz kalean aurrera. Guregana. Edo gureganantz. Ez dakit.

Nik Hansen belaunean jarri dut eskua, beldurra baretzeko. Udaltzainak poliki-poliki datoz, leku guztietara begira. Badirudi lapur bat behar dutela hauek ondo pasatzeko; bestela beti aspertu aurpegiarekin ikusten dituzu kalean.

Gure aurretik igaro dira, baina gelditu gabe. Begiratu digute, baina badoaz. Urrundik ere berriro begiratu digute.

Dirua banatzea izango da onena. Eta gu banantzea. Zenbatu dugu eta... 36 euro! Erdibana egin dugu, hamahiruna bakoitzari, eta dirua jaso dudan une berean gurasoak ikusi ditut kalearen beste aldetik guregana hurbiltzen. Gurasoak! Ahaztuta neuzkan erabat. Zer ondo: amaitu da nire peregrinazioa Santiagoko kaleetan barrena!

22

Hans agurtu dut.

–Suerte! –esan dit,´r´a ´ggg´ ahoskatuz, alegia: ´suegggte´.

–Zortea zuri ere! –erantzun diot.

Orduan ´Ooooo!´ luze bat egin du, esnatu balitz bezala.

–Zu Euskalduna zira, ezta?

Harrituta utzi nau horrekin.

–Nik euskara pixka bat ikasi…

Ezin du aditza gogoratu, eta nik ez diot lagundu nahi, gurasoengana joateko irrikatan nago eta.

–Ni Bilbora joango, eta Guggenheimen aurrean jotzen…

–Bai, oso ondo Hans, zuk jo hantxe harpa, ni ez naiz egongo eta!

Bizitzak ematen dituen ezusteak izugarriak dira: Santiagon aurki dezakezu euskara ikasi duen harpajole alemaniar bat. Bertso saio bateko gaia dirudi. Baina orain ezin dut Hansekin hizketan geratu. Aurkitu ditut gurasoak. Ez daukat inoren beharrik.

–Agur!

Eta musu bat eman diot.

Zutitu eta banoa haiengana. Ezusteko ederra hartu behar dute. Baina une horretan bertan udaltzain bibote-zorrotza agertu da beste kale batetik, eta justu nire sudurraren aurrean aurkitu dut haren uniformea, haren gorputz handia, haren begirada haserretua, haren gorrotoa begi-ninietan.

–Aitaaa! Amaaaa! –egin dut oihu. Ez didate entzuten.

–¡Cacheiche, pillabana! ¡Es bo trasno! –oihukatu du udaltzainak. Ez diot ezer ulertu, baina badaezpada ihesi atera naiz.

Urde zikina! Hansegatik ari naiz, ez udaltzainagatik. Orain konturatu naiz: 36ren erdia ez da 13. Nola ez naiz lehen ohartu! Eta nik, tuntun halakoak, hamahiru euro hartuta

alde egin dut! Beste potroustelak ere ez du badaezpada ezer esan! Nola liteke ume bati horrela ziria sartzea? Edo bera ere ez da erruaz konturatu? Edan duen ardo guztiarekin ez nintzateke harrituko.

Beno, berdin dio: egokitzen zitzaidan diru guztia ez daukat, baina behar dudan guztia badaukat. Eta berdin ez badio ere, hala beharko du.

Korrika noa eta. Galdu dut bistatik udaltzaina, baina baita gurasoak ere. Ez dabiltza urruti, baina ezin elkar aurkitu. Askotan, zerbait nahi dugunean, kostatu egiten da lortzea edo aurkitzea; eta aldiz, ikusi nahi ez dugun pelma bat, tapa, ikusiko dugu kalera atera eta berehala. Udaltzain honekin gertatzen zaidan bezala. Aitortu behar dut makal samarra dela; baina aurkitzen dudan guztietan korrika atera beharrak ere ez dit grazia handiegirik egiten.

Galduta nago berriro. Orain zer egingo dudan galdetuko duzue! Ba, neuk ere bai, horixe galdetzen diot neure buruari!

23

Lorategi bat daukan enparantza batean nago. Aurrean eraikin handi bat, ate berde ikaragarri bat zabal-zabalik daukana. Banoa barrura. Dotorea da. Harrizkoa. Aspaldikoa. Ziur aski historikoa. Barruan lorategia dauka honek ere, enparantzak bezala, baina lorategi purtzil-purtzila; txikia, alegia, umeentzat bezalakoa. Bira osoan harrizko zutabeak dauzka, arku dotoreak osatuz. Leku ederra lorategiari bueltaka lasterkan aritzeko.

Barruan jendea dabil, baina isilik, ahopean hitz eginez eta takoi hotsik atera gabe. Bakea dago. Bake handia. Lorategi erdian estatua bat dago: gizon bat pentsakor. Normala iruditzen zait gizon bat horrela gelditzea hemen, harri bihurtua!

Argazkiak ateratzera datoz bi lagun nire ondora. 'Bonito claustro!' esan du batek. 'Bonito' zer den badakit; beraz hau 'klaustroa' izango da.

Egia esan, ondo egoten da klaustro honetan. Zeru zati bat ikusten da goian; aurrean lorategi pitirrintxo hau; haizea bakarrik entzuten da belar artean jostari. Inork ez dizu ezer esaten. Harrizko eserleku batean eseri naiz. Gero etzan egin naiz. Erabat erlaxatuta nago. Erdi-lotan geratu naiz. Bizitzak horrelakoxea behar luke beti!

Harrigarria da: hiri baten erdian nago, baina duela hiru mende klaustro honetan bizi zirenek sentituko zuten bake berbera sentitzen dut. Gauza arraroak sentitzen ditugu batzuetan, ezta? Denbora bera, batzuetan azkar-azkar doa, eta besteetan makal-makal... zergatik?

Erdi-lo geratu naiz. Ni bezala dagoena ez dago gaizki! Hori dio aitak batzuetan, ez dakit oso esaldi bikaina den baina.

Zozo batek atera nau nire lozorrotik. Lehen ikusi dut lorategian saltoka, bere mo-

ko horiarekin dena dastatu nahian, eta orain ni etzanda nagoen aulkian dabil. Lehen zozoa hegazti mezularia zela uste zuten. Alegia, hildako norbaiten mezuak ekartzen zituela, eta zuk mezua interpretatzen jakin behar zenuen.

Zozo hau ere mezu batekin ote dator niregana? Eta hala bada, zein ote da mezua? Ezin jakin; ni oraindik txikia naiz gauza sakonetan sartzeko.

Normala denez, gogoeta hauekin erabat esnatu naiz, eta jaiki. Zozoak hegan alde egin du aurreko arbolaren adarrik altuenera. Handik begira-begira daukat. Hobe dut mugitzea; ihesi dabilenak ezin du denbora asko leku batean egon, badaezpada. Zeren ni iheslari bat naiz: udaltzainaren ihesi daramat egun osoa. Baina, era berean, bilatzailea ere banaiz: gurasoen bila daramat egun osoa.

24

Nire bizitza ez da erraza une honetan, baina zer egingo zaio. Esango dute neure erruz sartu naizela egoera honetan. Bai, baina…

Kanpai-hots ikaragarri bat entzun dut, abisua balitz bezala. Amaitu da siesta. Zozoak ere alde egin du lorategitik. Ni ere banoa kalera. Auskalo zer ordu den.

Klaustro aurreko enparantza txikira atera naiz. Izena ikusi diot, hor dauka horman jarria: 'Praciña das penas'. Zer izen polita, eta tristea era berean! Niretzat idatzia dirudi: izan ere, apur bat tristatzen ari naiz. Azaroan gaude; azaroan azkar iluntzen du eguna, eta jadanik hasi da argia joaten, poliki-poliki.

Arkupe batzuetan aurrera jo dut. Dendaz beterik daude. Kalea luze-luzea da, eta bukaeran beste enparantza handi bat. Begira zer izen duen: 'Quintana dos mortos'.

Halere, izenak ez nau beldurtzen. Ume asko dago bertan, euren gurasoekin. Eskolatik orain aterako ziren. Zein irudi polita iruditzen zaidan orain umeak gurasoekin batera daudela ikustea! Zerbait falta zaigunean, orduan konturatzen gara zenbat maite dugun edo zenbat gustatzen zaigun. Ai! Ni ere gurasoekin banengo.

Ilargia agertu da zeruaren erdi-erdian, oraindik erabat ilundu ez duen arren. Eskailera zabalak daude enparantzaren amaieran, eta han gora igo naiz. Ikusmira polita dago: enparantzako arkuak, jendea paseatzen, eta ilargi zuri-zuria zeruaren erdian. Ordea, bada zerbait ondo ez dagoena:

NI!

BAKARRIK NAGO! BAKAR-BAKARRIK!

NI NAIZ BAKARRIK DAGOEN

BAKARRA MUNDUAN!

25

Ez diot utziko tristurari habia egiten niregan; zozoak alde egin duen bezala, alde egin dezala berak ere, urrun! Badaukat zertan pentsatua, badauzkat kezkak; indartsua izan behar dut horiek konpontzeko.

Nire egoera gero eta larriagoa da: ordu gutxi barru lo egiteko leku bila hasi beharko dut. Baina ez naiz goibelduko. Bestela itsutu egiten zara, eta horrela ez diezu arazoei konponbiderik aurkitzen. Eta horixe da, hain zuzen, nik behar dudana: konponbidea. Tristura doala... pikutara!

Hau da usain ederra datorrena niregana, barrutik biziberritzen zaituzten horietakoa: gaztaina usaina. Hemendik hurbil egongo da saltzailea. Usainak erakarri egiten nau, eta labearen berotasunak ere bai; izan ere, pixka bat freskatzen hasi du, egunaren argia joan denean.

Badira janariak, goserik ez badaukazu ere apetitoa pizten dizutenak euren usainarekin. Gaztaina da horietako bat. Usaintzen duzu laranjaren lurrina, eta ez dizu jateko gogorik ematen; usaintzen dituzu espagetiak, eta ez dizu jateko gogorik pizten. Baina usaintzen dituzu txibiak plantxan eta irentsiko zenituzke. Usaintzen dituzu sardinak eta parrillara dozena bat botatzeko grina pizten dizute. Usaintzen dituzu gaztaina erreak, eta haien bila joateko agintzen dizu urdailak. Eta horixe egingo dut.

'Lambetadas' zioen denda hura ez dut aurkitu, udaltzain papalote haren erruz urrundu naizenetik. Beraz, gaztainak jango ditut, dozena bat hasieran, gero igual beste dozena bat. Dirua badaukat.

Usainaren bidea jarraituz noa. Orain ezkerreko kaletik, gero eskuinekotik. Batzuetan usaina sakondu egiten da, besteetan arindu, urrundu. Haizea jolasean dabil nirekin, ni jo-

A cova da meiga

lasean nabil haizearekin, txakurrek egiten duten bezala, sudurra gora jaso eta pistaren bila.

Itxoin: opari-denda bat dago hemen. Oso polita da, dena panpinaz, oroigarriz eta figuraz betea. Zeramikazko irudiak daude, eta baita ere jostailu modernoagoak, soldaduak, apaizak, txirrindulariak, gerlariak, gorputzeko atalak mugitzen zaizkien horietakoak. Izena: *'A cova da meiga'*. Beste izen arraro bat. Hemen ez al dakite gauzei izen normalak jartzen? 'Coba' zer den badakit, 'cueva' izango da, euskaraz 'haitzuloa'; 'kobazuloa' ere esan ohi da, baina 'meiga' hori… auskalo.

Hara-hara! Begira zer dagoen erakusleihoan: era guztietako panpinen artean udaltzain baten figura. Ideia bat izan dut: panpina horixe erosiko dut, hiru euro balio ditu. Eta horrela lortuko dut egun osoan atzetik dabilkidan ehiza-txakur hori paralizatzea. Nola? Oso erraza.

26

Telebistan, edo filmetan, agertzen dira, ba, Afrikako edo igual Indiako aztiak panpinekin? Horixe bururatu zait. Orratza sartzen diote panpina bati besoan, eta orduan pertsona batek mina sentitzen du besoan. Eta sabelean sartzen badiote, digestioa moztuko zaio.

Nik ez diot min handirik egin nahi udaltzainari; funtzionatuko duen ere ez dakit, zeren hori ondo egiteko konjuruak ere beharko dira, eta nik ez dakizkit. Baina sartu eta erosi egin dut udaltzain-panpina.

Dendatik atera orduko gaztainen usain sarkorra iritsi da nire sudurrera. Oso hurbil egon behar du postuak. Oso hurbil.

Oso…

Hurbil…

Hementxe dago-eta, enparantza txiki baten izkinan!

Lokomotora baten itxura daukan labea, zaku handi bat, erdiraino-edo gaztainaz betea, egunkari-orriak kukurutxoetarako, eta emakume lodi bat, gona luzeekin, buruan zapia duela. Hurbildu natzaio.

–¿Castañas, filliña?

Pentsamendua irakurri balit bezala eskaini dizkit.

–¡Si, una docena!

–¡Si, doce mais unha!

Eta hamahiru eman dizkit bi euro eta 50 xentimoren truke.

Erabat ilundu du, baina giro dago Santiagoko kaleetan. Zer edo zer pentsatu behar dut gauerako, gurasoak aurkitzen ez baditut. Beharbada gaztaina saltzaileari eskatuko diot berarekin eramateko. Zazpi edo zortzi euro badauzkat. Horrekin utziko dit ohea gau baterako, ezta? Hotel bat balitz bezala, baina bezero bakarrekoa: ni.

Ummmm! Gaztaina hauen zaporea! Uste dut gaztaina hauek bizitzan jan ditudan onenak direla. Agian ez nituelako espero. Zerbait espero dugunean eta iristen ez denean, sekulako frustrazioa izaten dugu, amorrua. Eta okerragoa da hau: sei gauza nahi ditugunean eta bost lortzen ditugunean, ez gara pozten lortu ditugun bost horiengatik, ez; lortu ez dugun hori gogoratuz haserretu egiten gara. Ez al da burugabea jarrera hori? Ez al da jarrera tontoa? Ba, horrelakoxe tontoak gara gehienetan.

Eta, aldiz, ezertxo ere espero ez dugunean eta zerbait ederra agertzen zaigunean, sekulako poza sentitzen dugu. Espero ez den gauza batekin gehiago disfrutatzen da, nahi genituen sei gauzetatik lortutako bostekin baino. Ez al da horrela?

27

Gaztaina hauek beste oroitzapen bat ekarri didate gogora; ezin dut utzi kontatu gabe.

Behin eskolan gertatu zitzaidan; beno, Uxue nire lagun onenari eta bioi pasa zitzaigun. Uxue nire lagunik onena da, eta elkarrekin egiten ditugu eskolako lanak. Irakasleak esan zigun lehiaketa bat zegoela, eta ipuin bana idazteko. Uxue eta bioi asko gustatzen zaigu idaztea. Bere etxera joan ginen.

–Ipuina idatzi eta saria irabaziko dut! –esan nuen euforiko.

–Nik ipuina idatziko dut eta ondo pasatuko dut! –esan zuen Uxuek.

Gauza igualtsua da, baina gero jakin nuen ez zela berdin-berdina. Arratsalde osoa jo eta ke aritu ginen, pertsonaiak irudikatzen, istorioa asmatzen. Ez zen kostatu gabe izan, baina idatzi genituen gure ipuinak. Uxue pozik zegoen. Ni ere bai, irabazi egingo nuelako, ziur. Biharamunean irakasleari entregatu genizkion gure lanak, eta hark bidali zituen sariketara.

Handik bi hilabetera iragarri zituen irakasleak saridunak. Lehen bi sariak beste ikastetxe batera joan ziren; hirugarrena Uxueren eta bion artean banatu zuten. Uxue oso pozik jarri zen. Ni, aldiz, triste. Lehen saria espero nuen; hirugarrena kaka zahar bat zen.

Ez nuen ulertzen Uxueren poza. Sari bera eman ziguten bioi: orduan, nolatan hain emaitza ezberdina?

Baina erne, amaitu da lasaitasuna orain ere. Justu azken gaztaina jan dudanean hor ikusten dut udaltzaina kalean datorrela. Ergel alaena, ez ote nau bakean utziko? Nik esaten dudana: hauek, norbait atxilotzen ez badute, aspertu egiten dira nonbait.

Ahaztua neukan! Udaltzainaren panpina daukat poltsikoan. Oraintxe egingo dut aproba, ea sorginkeriak funtzionatzen duen!

Gizona hirurogeiren bat metrora egongo da. Guregana dator. Ni gaztainen lokomotoraren atzean ezkutatu naiz. Panpina eskuetan daukat. Suabe-suabe hasiko naiz, badaezpada. Gaztaina bero bat hartu eta panpinaren kopeta ukitu dut.

Harrigarria! Udaltzainak eskua eraman du kopetara bat-batean. Guregandik nahiko hurbil dago, hogei metrora edo. Oihu txiki bat egin du, kexu bat bezalakoa. Sinestezina da: funtzionatu egiten du.

Gaztaina panpinaren kopetatik kendu dudanean, udaltzainak ere eskua aldendu du bere kopetatik. Guregana dator zuzenean. Ezin nau ikusi oraindik, baina gehiago hurbiltzen bada arriskua dago. Zerbait egin behar dut!

Panpina trapuzkoa da, eta ezkerreko hanka okertu diot, puskatu gabe, hori bai. Harrigarria: hamar metrora, udaltzainak oihu egin du eta ezker-hankari heldu dio eskuarekin, irristatu eta orkatila bihurritu balitzaio bezala.

28

Orduan eskuineko hanka azpian kili-kili egin diot panpinari, eta udaltzaina karkailaka hasi da, histeriko. Lurrean eseri behar izan du, oinetakoa kendu eta oinazpian hazka egiten hasteko ero baten moduan. Hau izugarria da!

Amona gaztainazalea ere barrez hasi da hura ikusita. Beste dozena bat gaztain eskatu diot.

–¡Como non, filliña, doce mais unha!

Eta lokomotora atzetik lurrean dagoen udaltzainari gaztaina tiraka hasi naiz. Batek sorbaldan jo du. Hurrengoak sudurrean. Beste batek kopetan. Bestea alkandorako poltsikoan sartu zaio. Gizajoa alde guztietara begira ari da, artilleria nondik datorkion ikusi nahian. Baina ez du inor ikusten.

Amona, berriz, algararen algaraz hesteak bota beharrean. Helduei batzuetan umekeriak izugarri gustatzen zaizkie. Beti hain serio dabiltza, bizitza azterketa bat balitz bezala, dena ondo egin beharrekoa! Tentsioa pilatzen joaten da haien barruan, eta bihurrikeria bat, haientzat, puxika zulatzea bezala da: *'Plaf!'* egiten du, eta hustu egiten da haien tentsio guztia.

Baina tentu: orain tentsioa pilatzen ari dena udaltzaina da eta. Jaiki egin da, baina panpinaren ezker hanka erabat zuzendu ez dudanez, bera ere ezin da oinez oso ondo ibili. Hor dator herrenka, zuzenean amonarengana.

Udaltzaina errietan hasi zaio. Gaztainak berak bota dizkiola usteko du. Izan ere, haserre dagoenak lehenengo aurkitzen duenari botatzen dio errua beti, eta hori injustizia bat da.

–¡Toleirona! –esan dio amonari. Hori izango da 'kaxkarina' edo horrelako zerbait.

–¡Pirindin! –erantzun dio amonak–. ¿Que fas tirado no chan?

Ez dakit, baina 'Pirindin' hori izango da txurruteroa edo; udaltzainak edan egin duela pentsatuko du amonak.

Horretan ari direla, beldurtu egin naiz, baina ezin naiz inora joan. Udaltzainak ikusi egingo ninduke, eta gaztainak janda beteta sentitzen naiz; ez nuke korrika oso azkar egingo.

Gaztainen zakua handia da. Horixe da nire aukera bakarra. Lokomotora ondo-ondoan dago, eta hortxe sartu naiz, zast. Sartzerakoan barruan dauden gaztainen artean galdu dut panpina.

Zakuak zulotxo bat dauka, eta handik ikusi dut dena: udaltzainak esku-burdinak atera ditu eta amonari jarri dizkio. Hau negarrez hasi da. Lokomotorari halako zinta gorri bat jarri dio, inork ezin duela ukitu adieraziz; zigilatua utzi du, alegia. Gauza konplikatzen ari da.

29

Ikaratuta nago, benetan. Udaltzaina besotik tiraka ari zaio amonari, baina amona ezezkoan dago. Nik uste baino indar gehiago dauka emakumeak. Agian denok daukagu geuk uste baino indar gehiago. Alabaina, larrialdietan eta estutasunetan bakarrik ateratzen zaigu, normalean, indar hori.

Amonak oihu egin du:

–¿Onde me levas, cabrón?

Ea nora eraman behar duen edo galdetu dio; azken hitza ezagutuko duzue.

–¡Ao calabozo!

–¿Ao calabozo? Eu non matei a ninguén.

Berak ez duela inor hil erantzun dio amonak, ez bada gaztaina gehiegi jan eta enpatxatuta hil den norbait; baina hori, noski, ez litzateke amonaren errua.

Ez dakit zer egin. Onena hementxe barruan geratzea izango da bikoteak alde egin arte; baina bestalde, amona bere kasa uzteak, udaltzain astakilo horren eskuetan, pena ematen dit. Lagundu behar nioke; baina orduan neure burua salduko nuke. Erabaki zaila.

Zer egiten da zer egin ez dakigunean?

30

Nola ez nekien zer egin ezer egin gabe geratu naiz. Beraz, zaku barruan jarraitu dut. Ondoren gertatu den guztia oso harrigarria izan da.

Udaltzaina eta amona bistatik galdu ditut. Salbu naiz. Baina zakutik ateratzera noala, hor datoz berriro bueltan. Galdu naiz: gaztaina-zakuaren bila datoz.

Amonak, orduan, soka-mutur bat hartu eta zakua lotu du. Itxi aurretik barruan nagoela ikusi du, eta begi-keinu bat egin dit, lasai egoteko adieraziz bezala. Salbu naiz. Momentuz.

Baina non amaituko dut? Udaltzainak bizkarrera jaso du zakua, birao batez lagundurik: 'Cagon diola!'. Ni geldi-geldirik nago, arnasa ere hartzeko beldurrez. Udaltzaina herrenka doa, bere pausokeran sumatzen dut.

–¿Cántos kilos de castaña tes aquí? –galdetu dio amonari.

–¡Levo un morto no saco! –alegia, hildako bat daramala zakuan.

Eta barre-algaraka hasi dira biak. Hori arraroa iruditu zait, oraintsu haserre bizian zeuden eta. Egoera ez da txantxetakoa. Azkenean, ez gurasoekin hotelean, ez amona honen etxean: kalabozoan egin beharko dut lo!

Panpina aurkituko banu, bi hankak okertuko nizkioke, udaltzainaren pausoak bertan behera geratzeko, baina gaztaina artean dago eta ez naiz ausartzen gehiegi mugitzen, udaltzaina hemen nagoela konturatu ez dadin.

Orain bai ez dudala aukerarik ezertarako, ez inora alde egiteko, ez inori laguntzarik eskatzeko. Udaltzainen egoitzara eramango naute. Handik, nire iritziz, gurasoei deitu behar liekete, nire bila etortzeko, baina ez jakin: udaltzain hau nirekin tematuta egon da egun osoan, eta orain agian mendekua hartu

nahiko du. Kapaz da ni gau osoan kalabozoan uzteko, armiarma, xagu eta labezomorroen artean.

Orain ez dut ezer ikusten. Bizkarrera jaso nauenean mugitu egin naiz eta zakuak zeukan zuloa galdu dut. Gizon baten gainean noala kaleetan zehar, ez dut besterik sentitzen.

Amaitu dira nire ibilerak Santiagon, baina, hala ere, ba al dakizue zer diodan? Oso egun ederra izan dela gaurko hau. Galduta? Berdin dio. Beldurrez? Ez da ezer. Goseak? Gaitz txikia hemen. Bakarrik? Inor ez dago bakarrik.

Aspaldian igaro dudan egunik entretenituena izan da, ez neuk hala nahi izan dudalako: horrela atera da, besterik ez. Ezer ikusten ez dudan une honetan, egun osoa nire begien aurretik pasatzen ari da. Zenbat jende ezagutu dudan!

31

Eta zenbat leku ikusi ditudan! Seguru nago turista batek bost egunetan baino gehiago ikusi dudala nik gaur.

Eta zenbat emozio sentitu ditudan! Eta zenbat arazo izan ditudan! Eta zenbat konponbide asmatu ditudan!

Hala ere, onena jendea izan da.

Lehenengo Santa Agedako kantari haiek, erritmoa eramaten ez zekitenak.

Marta, nire lehengusina dela esan duena, lagun jatorra.

Irakasle parea, lehenengo ni ikusita harritu egin direnak, hurrena ogitartekoa eman didatenak eta gero atzetik segika ogitartekoa kendu nahi zidatenak.

'*Azul*' kafetegiko zerbitzari hortzargia.

Hans, gitarrajolea... Ez, gaizki esan dut: harpajolea da.

Gaztaina-saltzaile eskuzabala, dozena bat eskatu eta beti hamahiru ematen zizkidana.

Klaustroko zozoa ere agian pertsonen artean sartu beharko dut. Batzuek esaten dute animalien begietatik begiratzen digutela hil ziren gure aurreko senideek eta herritarrek.

Horiek dira gaur ezagutu ditudan pertsonak.

Bai! Badakit bat ahaztu zaidala: udaltzaina. Baina nahiago nuen ezagutu ez banu. Beste guztiak niri laguntzen saiatu dira, behintzat. Baina hau ez: ni harrapatu nahian eman du egun osoa, Santiagoko arazorik garrantzitsuena neska txiki bat balitz bezala! Izorratu dadila: ongi merezia du ezkerreko hankan daukan herrena. Ez diot sendatuko!

Iritsi gara komisaldegira. Ate batean sartu garela sentitu dut. Hemen epelago dago kanpoan baino. Eskailerak igotzen ari da orain udaltzaina. Jendea entzuten dut hizketan: beste udaltzainak izango dira.

Ni naraman udaltzaina hizketan sumatzen dut. Norbaitek zakua ukitu du, beteta dagoen baieztatzeko edo.

–¡Pesa moito, carallo! –esan du.

Asko pisatzen duela. Beste hitzak zer esan nahi duen ez dakit.

Gero galdetu dio udaltzainari:

–¿Qué tes na perna?

'Perna' hori 'pierna' izango dela pentsatzen dut, 'hanka', alegia.

–¡Non sei!

'Yo si sei' erantzungo nioke gustura, ederki dakit eta. Baina ez du merezi sendatzerik.

Orduan lurrera jaitsi du zakua poliki-poliki, eta soka askatu du. Burua atera dut kanpora, eta... aho zabalik geratu nahiz, hitzik gabe. Baina hitzik gabe. Grabe. Zer pentsa ere asmatu ezinik. Deskolokatuta.

32

Zakutik atera eta gurasoak ikusi ditut. Eta jende gehiago inguruan, hainbat udaltzain, gaztaina-saltzailea, hoteleko zuzendaria, bezero batzuk, hainbat ume... Hotelean nago. Bat-batean hogei begi pare, gutxienez, niri begira jarri dira. Denak hizketan hasi zaizkit, denak batera. Nola ulertu ezer ardaila honen erdian?

Gurasoek besarkatu egin naute. Udaltzain bibote-zorrotzak ere burua laztandu dit. Beste batzuek txaloak jo dizkidate. Hoteleko zuzendariak, dotore-dotore jantzita, otarretxo bat oparitu dit, dena bonboiz eta goxokiz betea. Amonatxo gaztaina-saltzailea negarrez hasi da, 'Miña filliña' esanez... Nork ulertzen du hau?

–Ene, Miren –esan dit amak–, eskerrak sano zauden!

–Gure bizitzako egunik larriena izan da! –esan du aitak.

Zein arraroa den bizitza, pentsatu dut une horretan: niretzat egunik entretenituena izan dena, haientzat egunik txarrena izan da.

–Jakingo bazenu zenbat buelta eman ditugun Santiago osoan!

–Eta zenbat jende ibili den zure bila: udaltzainak, Gurutze Gorrikoak, irratietan ere esan dute…

Nire bila ibili dira, beraz; horrek lasaitu egiten nau, kezka txiki bat baneukan eta. Lasaitu baino gehiago, neure buruaz ondo sentiarazi nau, norbaitek maite zaituela jakiten duzunean pozik eta beteta sentitzen zaren bezala.

–Non ibili zara, maitea? Gure errua izan da!

–Non ibiliko nintzen, ba? –erantzun diot–. Hortxe, kaleetan zehar. Gertu ibiliko ginen, baina ez dugu topo egin. Une batean ikusi zaituztet, baina udaltzain mozolo honek beldurtu nau!

–Tira, Miren, errespetu pixka bat! –esan dit aitak serio–. Udaltzain hau Bartolo deitzen da, eta zure bila ibili da egun osoan, beste zeregin guztiak albo batera utzita.

–Konturatu naiz, bai: ni atxilotu arteko onik ez zeukan. Egun osoan nire atzetik ibili da, ehiza-txakur bat bezala!

–Eskerrak eman iezaizkiozu, ba!

–Zer? Txoratu egin al zara, aita?

–Ez, Bartolo gizon on bat da!

–Gizon on bat? Hori kapaz da ni kalabozora eraman eta zuei sei egunetan ez deitzeko!

–Aitak arrazoia dauka, Miren –ama sartu da tartean–. Bartolo zure alde egon da.

Hara! Biak ados daude. Gauza arraroa; beraz, egia izango da aitak dioena. Nork ulertzen du hau?

33

Eseri egin gara hotelaren harrerako besaulkietan. Nik goxokien otarretxoa eskaini diet denei, eta amak dena esplikatu dit. Ipuin kontalari bat zirudien, gu guztion aurrean.

–Zu desagertu bezain pronto jo dugu udaltzaingora. Zure deskribapena eman diegu, argazki bat ere bai, eta lasai egoteko esan digute. Kalean ibili gara, ea ikusten zintugun, eta gero hotelera etorri gara atseden hartzera. Hotelera deitu digute, esanez udaltzain batek aurrez aurre ikusi zaituela, baina, tamalez, alde egin duzula, ez duela zurekin hitz egiterik lortu. Bartolo zen.

"Obradoiro enparantza erdian ikusi omen zaitu, ogitarteko bat jaten, baina bi irakasle atzetik zenituela. Ogitartekoa lapurtu egin duzu, antza. Ostikada bat eman omen diozu. Une horretatik aurrera, Bartolo beste zeregin guztietatik libre utzi dute: bere egiteko bakarra zu aurkitzea zen, eta guregana ekartzea. Zu zaintzea, alegia.

"Gero harpajole baten ondoan ikusi omen zaitu, baina zuk berriro ere ihes. Bartolo zen zure konponbidea, eta zuk bizkarra eman diozu egun osoan. Ez zenion ondo ulertzen, nonbait, esaten zizuna. Edo haren intentzioak ez dituzu ondo interpretatu...

Ni apur bat lotsatuta nago. Nola ez naiz konturatu horretaz? Erratu egin naiz, eta erratuta egon naiz egun osoan. Baina banituen arrazoiak:

–Obradoiro enparantzan haserre aurpegiarekin begiratu dit, eta sudurretik heldu dit.

–Esan digu, bai –orain aitak hartu du hitza–, baina ez dizu haserre aurpegiarekin begiratu. Zuri iruditu zaizu hori, beldurrez zeundelako, urduri, irakasleak segika zenituen eta. Askotan gertatzen da: larri gaudenean uste dugu denak gure aurka daudela. Eta sudurretik heldu badizu, bere txera guztiarekin heldu dizula esan digu Bartolok. Laztan bat zen. Ez zintuen atxilotu nahi; zuri ezer txarrik ez gertatzea, besterik ez zuen buruan. Zu babestea. Egun osoa eman du kaleetan jendeari zutaz galdezka, turistei, zerbitzariei... Zerbitzari batek esan dio bere kafetegian egon zarela, *'Azul'* kafetegian.

–Hau da umea, hau –hasi da ama antzerki apur bat eginez–, ausartzea ere zure adinarekin tabernan bakarrik sartzera!

Ederra egin dut: eguerdirako hotelean egon nintekeen, eta egun osoa bazterrik bazter igaro dut, goseak, tristuraz, beldurrez. Alabaina, ez zait batere axola: gauza onak ere asko bizi izan ditut. Bartolok ematen dit pena.

34

Amak bukaera kontatu du ondoren:

–Iluntzean Bartolok mina sentitu du ezkerreko hankan, eta bat-batean hazkura ikaragarria eskuinekoan, eta lurrean eseri omen da. Norbaitek gaztainak jaurti dizkio, eta pentsatu du gaztainak saltzen ari zen emakumea zela, barrez ikusi duelako. Hura atxilotzera joan denean agertu da konponbidea.

Une horretan ni lokomotora atzean nengoen, eta eztabaida hasi denean zakuan ezkutatu naiz. Han barrutik ikusi dut udaltzainak nola zeraman amona kalabozora, baina ateratzera nindoala berriro itzuli dira zakuaren bila. Bitarte horretan nik ez nekien zerbait gertatu da.

–Amona larritu egin da udaltzaina serio ari zela ikusi duenean, ikaratu egin da gaua benetan kalabozoan igaro zezakeela ulertu duenean, eta orduan salatu egin zaitu. Zer egingo zuen, ba?

"Gaztainak zuk bota dizkiozula esan dio. Eta non zeunden ezkutatuta ere bai. Bartolok nolakoa zaren galdetu dio, eta amonak zure deskribapena eman dionean berehala jakin du zu zinela egun osoan bila zebilen neskatoa. Bartolok egoeraren berri eman dio amonari, eta plan bat egin dute. Disimulatzea erabaki dute, zu ezertaz ohartu ez zintezen. Amonak zakua itxi du, zuri begi-keinu bat eginez lasaitzeko, eta Bartolok bizkarrean hartu du zakua, zu han zeundela jakinik. Bitartean, amonak sakelako telefonotik guri deitu digu, hotelera zentozela esanez.

Ederki engainatu naute! Baina ederki sentitzen naiz engainatu nautelako!

Batzuetan, gauzak gaizki aterako direla ematen duenean, tapa!, ongi ateratzen dira.

–Eskerrak Bartolori, bestela non pasa behar zenuen gaua?

Amak nire pentsamendua irakurri duela dirudi.

A NOSA CASA

–Gela bat ordainduko nion amonari!

Amak amonari kontatu dio nire asmoa zein zen, eta amona gajoa, negar malkotan zegoena, barre-algaraka hasi da. Baita besteak ere.

–Tira, Miren –erregutu dit amak–, eska iezaiozu barkamena Bartolori.

–Eta nola egiten da hori?

–Ba, esaiozu *'lo siento'*.

–¡Lo siento, Bartolo!

–¡No pasa nada, bonita!

Eta gero esan du agian berak ere ez duela jakin oso adeitsu agertzen nire aurrean. Ohituta dagoela lapurren atzetik ibiltzen, ez printzesekin tratatzen. Begira: azken hori asko gustatu zait.

35

–Mila esker denoi –esan du aitak–, ez zaituztegu gehiago entretenitu nahi.

–Merezi zuen Santiagora etortzea –jarraitu du amak–, horrelako jendea ezagutzeko.

Aitak broma bat egin du niri begira:

–Afaltzera joango gara hirurok, baina asko urrundu gabe, badaezpada!

Jendea jaiki egin da, eta agurtu ondoren hoteletik irteten hasi dira. Bi musu eman dizkiot Bartolori, nola ez, eta beste bi amonari.

–¡Chámome Casilda! –esan dit.

–¡Ok! –erantzun diot, ez zait-eta beste hitzik bururatu gazteleraz–, yo Miren.

Orduan ikusi dut Bartolo herrenka doala. Amona ere badoa, gaztaina zakua bizkarrean hartuta. Deitu egin diet biei, eskuarekin hurbiltzeko keinua eginez.

–Itxoin momentu bat, andere! Itxoin zuk ere, Bartolo!

Orduan amari kontatu diot panpinarena, lotsa apur batekin, hori bai. Amak, eta aitak ere bai, harrituta begiratu didate.

–Non ikasi duzu hori egiten?

–Ez dakit!

–¡Ti es unha meiga! –esan du amona Casildak.

Zakua kendu diot, eta eskua gaztainen artera sartuta panpina aurkitu dut.

Muxu eman diot panpinari masailean, eta Bartolok berotasun gozo bat sentitu du berean. Barre egin dit.

Gero okertuxea zeukan ezker-hanka zuzendu egin diot.

–Milagro! –oihukatu du Bartolok.

Hanka erabat ondo mugitzen du. Joan zaio mina, joan zaio herrena. Panpina berari oparitu diot, beste inork ez diezaion kalterik egin panpina horren bidez.

Azken gauza bat esan dit Casilda amonak:

–Promete aos teus pais que nunca máis, NUNCA MAIS te perderás.

Ederki ulertu diot.

–Ama, aita: zin egiten dizuet NUNCA MAIS ez naizela galduko.

–Ondo da –esan dit amak–: egin duzun promesaz gogoratu zaitezen, *Miren Nuncamais* deituko dizugu hemendik aurrera.

Joan dira denak.

–Hau da gosea! –esan du aitak.

Neuk ere bai, halaxe daukat. Emozio asko izan ditut egunaren bukaera honetan, hartu dudan ezustekoarekin hasita. Baina gero, emozioak baretzen direnean, haien hutsunea geratzen da gorputzean, eta orduan sentitzen duzu gosea.

Hoteleko jatetxean afaldu dugu, badaezpada ere, bertatik bertara, galtzeko arriskurik gabe. Eta, batez ere, hoteleko zuzendariak gonbidatu egin gaituelako.

Gero gure gelara igo gara, nekatuta hirurok.

36

Badago zerbait kontatu ez dizuedana. Arratsaldean ipuin kontalari bat zegoen kalean, eta adi-adi egon naiz hari entzuten. Gorputz osoa mugitzen zuen hitz egiterakoan. Koloretako jantziak zeramatzan, eta panpina batzuk mugitzen zituen aldika eskuetan. Ez dakit zein hizkuntzatan ari zen ipuina kontatzen. Baina zerbait gertatu da nire baitan: bat-batean ulertu egin diot. Den-dena. Mugimenduak zirela, haren begirada bizia... ez dakit. Baina haren hitzek ez zuten misteriorik niretzat.

Ez dakit nola gertatu den, baina gogoan hartu dut kontatu duen ipuina, oso-osorik. Hauxe da:

Goiz batean, eguna argitu baino lehen, arrantzale bat ibaiertzera joan zen. Estropezu egin zuen zerbaitekin, eta ilunpetan hura ukituz, zaku bat zela ohartu zen. Harriz betetako zaku bat. Kanabera eta otarrea alboan utzi eta lurrean eseri zen, eguna argitu zain. Denbora pasatzeko, zakutik harri bat atera eta errekara bota zuen. Gero beste bat bota zuen. Hurrena beste bat. Gustatzen zitzaion harriak ateratzen zuen ur-hotsa goizeko isiltasunaren erdian.

Aise pasa zitzaion denbora, harriak uretara tiraka. Eguzkia mendiaren atzean agertu zen, eta dena argituz joan zen. Ia zakuko harri guztiak bota zituen uretara arrantzaleak. Bakarra geratzen zitzaion eskuetan, azkena. Egun-argitan harri hura ikusi zuenean, bihotza dardaraka jarri zitzaion. Harri hura diamante bat zen. Eta diamanteak izango ziren zakuko beste harri guztiak ere. Diamantez betetako zakua uretara bota zuen, eta ibaia oso sakona zen. Ezingo zituen berriro atera!

Oihu egin zuen haserre, negar egin zuen penetan. Altxor bat eduki zuen eskuetan, baina alfer-alferrik, bota egin zuen. Halere, lehen tristealdia igaro ondoren, pozten hasi zen poliki-poliki: zortea izan zuen, eskuetan bat geratu zitzaion eta.

Itxoiten ez zuelako jakin galdu zuen altxorra. Baina gero ikusten jakin zuelako ez zuen bota azkena. Eta handik aurrera bizitzak eskaintzen zion guztia askoz hobeto begiratu behar zuela erabaki zuen, arreta gehiagoz. Pertsonak, gauzak, gertaerak, momentu onak eta txarrak... denak. Egun bakoitza diamante bat balitz bezala zaindu behar zuela erabaki zuen.

Gu txikiak gara eta ez dakigu horrelako ipuinak ulertzen. Irakasleak esplikatuko digu.

Baina nik gauza bat dakit: gaurko eguna diamantezkoa izan dela nire bizitzan.

XAGU
XAR

10 urtetik aurrera:

6. NABUKODONOSOR - Pello Esnal
9. GAIZKI ATERATAKO ARGAZKIA - Mercedes Neuschäfer-Carlón
10. AMETSEN KONTRABANDISTA - Xabier Mendiguren
11. ERRUSIKA - Mariasun Landa
12. LOTTE ETA LUISA HAU BIZKI PAREA! - Erich Kästner
13. ANTZERKILANDIA - Montxo Iturbide
17. EZIN DA IPUINIK ASMATU ALA? - Xabier Mendiguren Elizegi
21. ESTITXUK PIRATA IZAN NAHI DU - Xabier Mendiguren Elizegi
22. IPUIN NATURALAK - Xabier Monasterio
23. MARIPERTXENTA - Joxantonio Ormazabal
26. IXU, HORTZIK GABEKO MARRAZOA - Seve Calleja
29. NIKOLASAREN ABENTURAK ETA KALENTURAK - B. Atxaga/J.C.Eguillor
30. RAMUNTXO DETEKTIBEA - B.Atxaga/J.C.Eguillor
40. JOLAS EGITEKO IPUINAK - Gianni Rodari
41. AZERI BELTZA - Betsy Byars
42. GEZI URDINA - Gianni Rodari
46. SORGIN TXIKIA - Otfried Preussler
50. METAK ETA KOMETAK - Joan Mari Irigoien
51. ESKUBELTZ TALDEAREN ABENTURAK - Hans Jürgen Press
58. AMONA SAGAR GAINEAN - Mira Lobe
59. KITTANO - Joxantonio Ormazabal
61. LAZKAO TXIKI - Joxantonio Ormazabal
62. MADDI OPORRETAN - Iñaki Zubeldia
65. BIDAIA AHAZTEZINA - Amado Gómez Ugarte
66. ARKATZ FANTASTIKOA - Joles Sennell
68. TELEFONOZKO IPUINAK - Gianni Rodari
70. MALKOS - Pello Esnal
74. NIRE FAMILIA ETA AINGERUA - Gemma Lienas
79. GILBORTZIO ETA ARGALTZIO - Enric Lluch
80. KATIXA, KROKO eta KOKOROKO - Txiliku
84. ARRANOPOLA! - Yak Rivais
85. BA OMEN ZEN ERREGE BAT… - Gabriel Janer Manila
86. HAGO ISILIK, PERCY! - Judy Corbalis
91. MARIJANE KONTA ZAN - Marijane Minaberri
92. BALANTX - Antton Kazabon
93. AMETS UHINAK - Marisun Landa

95. BI MALKO MAKINARENGATIK - Fina Casalderrey
97. IZURRI BERDEA - Ramón Caride
98. EZINEZKOA - Yak Rivais
101. ZOOKALAKO ERREGEAK - Inongo-Vi-Makomè
102. RISKY ETA BERE LAGUNAK - Joxemari Iturralde
103. KILIKOLORE - Antton Kazabon
105. DEABRUA GORPUTZEAN - Seve Calleja
106. IZEBA MARIASUNEN IPUINAK - Joseba Sarrionandia
107. AMONAK IHES EGIN DU - Jeremy Strong
108. RISKYREN BIHURRIKERIAK - Joxemari Iturralde
112. BENETAKO PIRATA - Arrate Egaña
113. DADO IRATXOA - Seve Calleja
114. KOTTI - Joxantonio Ormazabal
116. ESTATUA BATEN HISTORIA - Hasier Etxeberria
117. MONSTER, GURE MAISUA - Antton Dueso
119. TXINPARTAREN IZAKIAK - Pello Añorga
121. ANTONIO BOLAS - Joxantonio Ormazabal
122. LOREONTZI BAT LAPITZEZ BETEA - Juan Farias
123. RISKYREN BARRABASKERIAK - Joxemari Iturralde
124. ANAIAK EMATEN DUZUE - Xabier eta Martin Etxeberria
125. NORENA DA BASOA? - Mercé Canela Garayoa
128. MARITXU SORGINTXU - Josep Gregori
131. JO MUSIKA, JO! - Miquel Desclot
132. JOKIN GALTXAGORRI - J.M. Olaizola "Txiliku"
133. MUNDUKO IBAIEN POEMAK - Juan Kruz Igerabide
135. METRO BATEKO LETRAK - Julen Gabiria
136. MAITAGARRIEN HIRU IPUIN - Gustavo Martín Garzo
141. KEA AIREAN BEZALA - Imanol Azkue
142. ALIMALEKO FANTASIAK- Antton Dueso
143. AMAREN TITI-XORROAK - Joxantonio Ormazabal
145. MATXINSALTOEN BELARRIAK - Unai Elorriaga
147. LESTERREN LOGIKA - Harkaitz Cano
148. MUNDUARI ITZULIA 18 IPUINETAN - Antton Irusta
150. TXORIMALO KUTUNA - Xosé Neira Vilas
151. MISS TXATARRA - Xabier Mendiguren Elizegi
152. PAULAREN SEIGARREN ATZAMARRA - Katixa Agirre
154. MIREN, NUNCA MAIS! - Pako Aristi